PHARE 23

Hugh Howey est né en 1975. Il a été successivement capitaine de yacht et de voyage, puis employé dans une librairie universitaire. Véritable phénomène éditorial, *Silo* s'est déjà vendu à plus de 500 000 exemplaires aux États-Unis et a été traduit en vingt-quatre langues.

Paru au Livre de Poche :

Série *Silo* :

SILO

SILO ORIGINES

SILO GÉNÉRATIONS

HUGH HOWEY

Phare 23

ROMAN TRADUIT DE L'ANGLAIS (ÉTATS-UNIS)
PAR ESTELLE ROUDET

ACTES SUD

Titre original :

BEACON 23

ISBN : 978-2-253-08358-0 – 1re publication LGF

I

LES PETITS BRUITS

1

On ne vous prépare pas aux petits bruits. On vous colle dans une centrifugeuse jusqu'à l'évanouissement, on vous fait caracoler sur des courbes paraboliques jusqu'à vomir tripes et boyaux, on vous transperce d'aiguilles jusqu'à ce que vous vous sentiez comme un toxico, on vous fait ingurgiter trois domaines de la physique, passer un diplôme de médecine et suivre en même temps un entraînement de triathlon.

Mais on ne vous dit pas ce qu'il en est de vivre avec les cliquetis et les grincements et les petits bips en arrière-plan. Ni comment le vide spatial, des années-lumière à la ronde, peut être ressenti comme un poids énorme, écrasant. Le silence semble constamment gagner du terrain, comme l'obscurité à laquelle j'ai un jour été confronté, dans une grotte de la Virginie-Occidentale. Une obscurité qu'on peut mâcher. Une obscurité qu'on perçoit à des kilomètres alentour. Une obscurité dont on n'est pas certain de pouvoir un jour s'extirper.

Au fin fond de l'espace, le silence est précisément de cette nature. Du coup, les petits bidules qui ronronnent dans ma balise deviennent des enfoirés et leurs cliquetis cauchemardesques me mettent les nerfs en pelote. Je les hais tous jusqu'au dernier. Tout ce qui bouge dans cet endroit. Le moindre petit rouage, bipeur piézoélectrique, la moindre alarme. Ce n'est pas seulement qu'ils soient discordants, c'est surtout qu'ils sont imprévisibles. Conclusion, je passe mon temps à m'y préparer, à les attendre, à guetter leur arrivée. Dès qu'on baisse la garde, ils frappent. Légers picotements sur mes tympans.

Ce sont aussi des salopards diaboliques. Comme les cerfs, ils semblent comprendre quand on les poursuit. Armé d'une lampe de poche, de pinces coupantes, de ruban adhésif et de morceaux de mousse, je me faufile dans les espaces de travail étroits comme des boyaux pour traquer ces enfoirés. J'installe des pièges, persuadé que certains bruits détalent devant moi, qu'il doit s'agir de minuscules créatures qui se sont introduites à bord dans un lot de fruits mal stérilisés.

On dirait qu'ils m'entendent arriver et les bips et les bourdonnements cessent. Se font aussi rares que le gibier à l'ouverture de la chasse. Dès que je m'éloigne en rampant, ils reprennent et font un vrai raffut. Comme ce cerf dix-cors, au lendemain de la fermeture, planté dans votre jardin à mâchouiller vos tulipes d'un air idiot, du style "Ben quoi ?"

Ouais, je viens vous chercher, bande d'enfoirés. J'ai installé des pièges. Micros pour enregistrer et localiser précisément les bips. Giclées d'huile un peu partout contre les grincements. Et tous les pièges à blattes imaginables pour contrer les petits claquements secs, les petits bruits qui se baladent.

La Nasa serait fière de mes efforts et de mon ingéniosité, non ? Toute cette préparation. Pour ça. Mais qu'est-ce que je peux faire d'autre ? Je suis le noyau de chair et de sang de ce gros esquimau spatial rouillé, ici, aux confins de l'espace. Je suis là parce qu'ils n'ont toujours pas réussi à mettre au point un ordinateur fiable, qui ne déconne pas une fois sur cent mille milliards. Ça peut paraître négligeable, mais avec des machines accomplissant des milliards d'opérations tous les jours, ça fait un paquet de conneries. Et je suis censé être assez malin pour y remédier.

Quand je ne suis pas à la chasse aux grincements et aux craquements, je passe la majeure partie de mon temps là-haut dans le phare. Je sais qu'on n'est pas censé l'appeler comme ça, mais ça va, quoi. Tout au bout d'un tunnel construit à l'écart du reste de la balise se trouve une petite niche entourée de hublots. C'est dans ce truc-là qu'on a installé l'émetteur d'ondes gravitationnelles, le centre opérationnel de la balise : tout le reste n'est là que pour assurer son fonctionnement, moi compris.

Le long bras maintient l'EOG loin du reste de la balise car ses ondes décroissent avec la puissance quatre de la distance. Ces ondes peuvent brouiller tous les câblages dans un rayon de cinq à six mètres, y compris les miens. La Nasa recommande de ne pas passer trop de temps aux abords de l'EOG parce que ça fait de drôles de trucs dans le cerveau. Autrement dit, ça vous fait planer un peu. Mais à quoi est-ce qu'ils s'attendent en nous affectant ici, au beau milieu de nulle part, deux ans d'affilée ? Je ne dois pas être le seul à m'asseoir dos à la machine, l'esprit apaisé comme si j'avais avalé un whisky sec, pour contempler les rochers gris et ternes du champ d'astéroïdes qui rend la navigation astrale affreusement bordélique.

En face de l'EOG et juste au-dessus du hublot le mieux situé pour observer les astéroïdes qui tournoient dans l'espace, un des précédents occupants a accroché une illustration aux couleurs passées, ce qui me laisse à penser que je ne suis pas le premier à venir m'asseoir ici. Sur l'image, un homme en ciré se tient debout devant un vrai phare, situé sur Terre. Une vague plus haute que le phare – elle mesure peut-être vingt mètres – menace derrière lui. Elle vient heurter de plein fouet cette colonne de pierre effilée et on imagine aisément qu'il s'agit de la dernière photo du phare et de son gardien et que ce raz-de-marée va les anéantir totalement dans la fraction de seconde qui suit. L'homme fume sa pipe en jetant un coup d'œil au-dessus de lui à ce qui doit être un drone équipé d'une caméra ou un truc du genre, l'air de dire, "Jamais vu un engin pareil". Sans se douter le moins du monde que le ciel est à deux doigts de lui tomber sur la tête.

J'ai passé plus d'heures à observer cette affiche que le champ d'étoiles et d'astéroïdes. Fut un temps, j'ai cru qu'elle avait été générée par ordinateur. Difficile à dire avec ces trucs-là. Parfois, le vrai semble faux, en particulier quand on a eu le faux sous les yeux si longtemps. Mais pourquoi accrocher une affiche tirée à l'ordinateur avec autant d'égards ? Le papier est glacé, pas comme les cochonneries thermiques que l'on imprime ici. Et elle n'a pas un pli, ce qui signifie qu'elle était emballée à plat ou roulée quand on l'a apportée. Quoi qu'il en soit, quelqu'un s'est donné du mal pour la faire parvenir jusque-là. J'en conclus donc que ce fichu truc est réel. Et que ce type, en train de tirer sa dernière bouffée là-bas, aux confins de son monde minuscule, de sa vie minuscule, l'est aussi.

Je prends mon pied avec l'EOG et contemple parfois cette photo pendant des heures, en attendant qu'une unité centrale ait besoin d'un redémarrage ou qu'un vaisseau émerge de l'hyperespace pour me demander sa route ou me donner des nouvelles de la guerre. Ce type affronte le maelstrom en tirant longuement sur sa pipe, indifférent, comme un vrai chef. Avec un calme à toute épreuve. Alors que moi, je pète un plomb à cause d'un cliquetis infernal au loin. Ce gardien de phare a été mon héros pendant un bon bout de temps. Jusqu'à ce que j'en apprenne plus sur cette photo.

Il semblerait qu'il en existe une douzaine de versions. Et ouais, elles sont toutes vraies. J'ai envoyé une demande de renseignements à Houston après avoir cherché en vain dans les archives et n'ai eu aucun mal à imaginer leur conversation en bas, vu que j'en avais eu mon lot quand je travaillais à l'assistance au sol durant mon entraînement.

Directeur des opérations :

— Excusez-moi, la 23 veut quoi ?

— Euh, monsieur, il veut l'historique d'une certaine photo. Et non, ce n'est pas un diagramme spectral. Ou quoi que ce soit de… disons, scientifique. C'est… comment dire, voyez vous-même. Il a envoyé une image numérique.

Longue pause pendant que le chef contemple la tablette.

— C'est une blague, ou quoi ?

— Non, monsieur.

— Et il a utilisé une *demande de renseignements* pour ça ? Il lui en reste ?

— Première fois qu'il en utilise une, m'sieu. Le type a un dossier nickel. Il a servi sur le front avant d'obtenir sa médaille du Mérite et d'être redéployé.

— Laissez-moi deviner : blessure à la tête ?

— Non, m'sieu. Il a eu les entrailles arrachées par un Lord. On lui a assigné une balise sans histoires à la limite du secteur 8.

— Alors il doit sûrement enlacer cet EOG comme il le ferait avec une pute de bas étage après deux périodes de service.

— Probablement, m'sieu. C'est ce que je pense.

— Ah, et merde ! Ce gars est un héros de guerre, nom de Dieu ! Voyez ce que vous pouvez dégotter.

Bien entendu, les choses ne se sont sûrement *pas* passées de cette manière. Un larbin a sans doute dû recevoir la demande, a cherché lui-même ces conneries sur Bing au lieu de les envoyer au service de renseignements proprement dit et m'a rebalancé aussi sec huit pages de résultats. Ça a dû lui prendre deux secondes en tout et pour tout. J'ai reçu la réponse trois mois plus tard *via* un remorqueur spatial qui avait fait main basse sur un chargement de minerai ne lui appartenant pas. Ils avaient quelque chose pour moi, ont-ils dit avant de disparaître dans la ceinture d'astéroïdes où ils se sont mis pour des milliards de dollars dans la poche. C'est un monde de dingues ici, dans les confins, mais si on s'en fout et qu'on regarde ailleurs, les choses finissent toujours par s'arranger d'elles-mêmes.

Il s'avère donc que mon foutu héros-des-embruns de gardien de phare était aussi mort de trouille que le reste d'entre nous. L'histoire de cette photo est archiconnue. Le cliché a été pris d'un hélicoptère avec pilote, figurez-vous. Pendant que le photographe mitraillait, celui-ci faisait signe au vieux gardien de phare de *se tirer* en secouant sa tête d'imbécile. *Tire-toi !* Tout de suite après avoir été immortalisé dans la posture d'un dur à cuire monolithique, le vieil homme en aurait chié dans son froc, laissé tomber sa pipe et bondi dans le phare, juste à temps pour sauver ses fesses et ne pas être emporté par la déferlante.

C'est ça le truc quand on est un héros : *Tout dépend du moment où la photo est prise.* Je serai un héros pour le restant de mes jours, je suppose. Tant que je les passe ici, porte fermée, genoux remontés contre la poitrine, et que je me tiens définitivement à l'écart des appareils photo.

2

Mon douzième cercle de l'enfer est une petite bille de métal qu'on laisse tomber d'une hauteur de cinq centimètres et qui heurte bruyamment le béton.

C'est du moins ce que ça m'évoque. Le pire de tous les petits bruits aléatoires qui se font entendre uniquement quand je suis dans ma couchette et que j'essaie de trouver le sommeil. Ce cliquetis particulier me fait penser à un cafard. Pas à cause du son – ça, ce sont les autres –, mais parce qu'il se faufile dehors pour jouer seulement quand j'éteins les lumières puis disparaît dès que je me lève et que je me déplace. Mes pas le font littéralement fuir. Va savoir pourquoi.

La Nasa affirme que tout est nécessaire dans la balise, que s'il y a un bruit, c'est juste un truc qui fait son boulot. Sous-entendu, moi, je dois la fermer, et me contenter de faire *le mien*. Peut-être que les autres aiguilleurs de l'espace et moi, on les rend dingues à Houston à force de glapir et de réclamer. Peut-être que c'est leur façon de se venger. J'imagine la scène en ce moment même dans la salle de contrôle : un homme en chemise blanche et cravate noire qui vérifie mes constantes vitales sur une sortie papier, son chef qui lui demande si je suis entré en phase de sommeil paradoxal.

— Affirmatif, monsieur. Il dort comme un bébé.

— Excellent. Déclenchez la machine qui fait bing !

Ou qui fait un bruit de bille en métal heurtant le béton.

Ce petit bijou dans ma balise de surveillance à mille milliards de dollars me fait criser et je me retourne dans ma couchette, essayant de trouver une poche de fraîcheur et un moment de silence. Et tout à coup, un son d'une autre nature me rappelle qu'il en existe de *véritablement* maléfiques. Pas simplement énervants, telle une symphonie discordante au cœur de mon silence soigneusement orchestré. Non, des sons *à l'ancienne*, tirs de plasma et grenades à fragmentation, ordres suicidaires beuglés par des hommes trop lents, trop vieux et qui se croient trop sages pour porter une coquille, bombes qui explosent et sirènes antiaériennes. Ce genre de sons.

Je sais de quoi il s'agit au moment même où je l'entends : défaillance complète de l'EOG. La balise qui se retrouve plongée dans le noir. Je le sais, parce que je m'y suis entraîné un nombre incalculable de fois dans le simulateur du Mojave. Je le sais, parce que ces simulations me donnent encore des cauchemars – cauchemars peuplés de visages aux barbes grisonnantes, qui scrutent l'intérieur à travers de faux hublots transparents pendant que j'essaie de comprendre de quelle manière je me suis fait baiser cette fois-ci.

Il y avait une blague qui courait à Simcom : la Nasa enfile ses astronautes jusqu'au trognon quand ils sont au sol parce que, dans l'espace, personne ne les entend gueuler.

Les pannes d'EOG ne peuvent pas arriver. Les systèmes de secours ont des systèmes de secours qui ont des systèmes de secours. Tout est incestueux dans les entrailles de la balise 23, moi je vous le dis. Pour que quelque chose se détraque, il faudrait qu'une première alarme soit hors service, ainsi qu'une seconde de sauvegarde et deux différents modules conçus pour effectuer la même opération et contrôlés toutes les quelques secondes pour être sûr qu'ils en sont effectivement capables. Toutes les puces électroniques et les logiciels peuvent se réparer et redémarrer seuls. On pourrait déclencher une impulsion électromagnétique dans cette saleté qu'elle repartirait en moins de deux. Il faudrait deux douzaines de pannes aléatoires et simultanées plus un tas d'autres coïncidences trop ahurissantes pour pouvoir même les envisager.

Une fois, un intello de la Nasa a calculé les probabilités. Elles étaient très très faibles. Ceci dit, la semaine passée, il y avait 1 527 balises Galsat en activité dans la Voie lactée. Alors à mon avis, les chances que *quelqu'un* ait un problème ne cessent d'augmenter. En particulier quand les balises vieillissent. Et en ce moment, ce quelqu'un, ça doit être moi.

Avec cette pagaille, les bruits demandent soudain à être débusqués. Ils m'appellent, petites alarmes dans tous les coins. Je descends péniblement de ma couchette et grimpe l'échelle qui mène au poste de commande en sous-vêtements. Je vérifie en premier le générateur, tout est en ordre. Je passe ensuite au gyroscope de navigation et aux scanneurs de champ stellaire. La balise connaît parfaitement notre position. Je jette un coup d'œil au terminal du tunnel quantique mais il n'y a pas de message. Pendant que je suis là, j'envoie une note rapide à Houston, même si je suis sûr qu'ils reçoivent des messages automatiques avec codes d'erreur à ne plus savoir qu'en faire.

Défaillance. 0314GST.

La balise les a sûrement déjà prévenus, mais au moins, ils sauront que je suis debout. Moi, leur homme sur place. Le noyau tendre de leur bon vieil esquimau de l'espace.

J'attrape le bord du tunnel menant au phare et me lance dans le toboggan qui rejoint l'EOG. Je l'ai si souvent fait qu'il me suffit d'effleurer la paroi d'un doigt pour suivre une trajectoire correcte. Des lampes rouges clignotent tout du long. Une alarme hurle devant moi.

Bras écartés, bout des doigts couinant sur le métal pour ralentir mon arrivée, je me cramponne au dernier barreau et bascule en pivotant dans le phare.

L'EOG est froid. Ce qui signifie qu'il n'émet plus le signal indiquant aux vaisseaux en transit que la voie est sûre. De même qu'il ne dégage plus ses habituelles ondes apaisantes. Comme si votre bière préférée avait viré à la boisson énergisante. "Tu commences à me stresser", lui dis-je, en enlevant les panneaux hexagonaux un à un.

Je les pose sur le côté et étudie le dôme lisse. J'entends un claquement quelque part, on dirait un boulon desserré qui dégringole dans un renfoncement. J'inspecte toutes les vis à ailettes, aucune ne manque.

Encore des bruits parasites. Je vérifie tous les câbles et toutes les connexions à la base de l'EOG. Les premières choses qu'on nous entraîne à tester sont les mêmes, j'imagine, que celles qu'on penserait à vérifier même sans y avoir été préparé à grands frais. Je commence par tout débrancher. Compte jusqu'à dix. Rebranche. M'assure que tout est bien en place.

Pendant que je m'active, je réfléchis aux horaires de passage des vaisseaux. Il y a une horloge au mur, une horloge en cuivre qu'on doit remonter une fois par semaine si on ne veut pas qu'elle s'arrête. Tout ce qui fonctionne sur pile ici, ou qui possède un processeur grille, quand l'EOG est activé. J'ai cessé de remonter l'horloge quand les petits bruits ont commencé à me rendre dingue, parce que je ne pouvais plus supporter le tic-tac. D'après moi, il a dû s'écouler cinq minutes depuis que j'ai expédié le mot à la Nasa, soit à peu près 0320. Un cargo en provenance d'Orion et à destination de Vega doit passer à 0330, si je me souviens bien. Un équipage de huit, sûrement, dans un vaisseau de cette taille. J'ai soudain l'impression que la balise se met à tourner autour de moi et je dois faire un effort pour me reprendre en pensant au *Varsk*. Un vaisseau de luxe en transit à 0342. Combien de passagers transporte-t-il ? Cinq mille ? Plus l'équipage ?

Je laisse les panneaux à côté de l'EOG et me lance à nouveau dans le toboggan. Trajectoire épouvantable. Je m'écrase contre un mur, mon épaule nue dérape, couine, me brûle, je me mets à tanguer, culbute et me cogne la tête et le tibia avant de parvenir à m'arrêter. “On se calme”, me dis-je. “Une chose à la fois." C'est ce que j'avais l'habitude de me répéter tout haut quand j'étais soldat, quand faire les choses dans l'urgence pouvait vous coûter vos tripes.

En progressant dans le toboggan grâce aux prises de main, je reprends de la vitesse dans la zone zéro-G. Quand j'arrive aux abords de la balise proprement dite, qui laisse échapper un peu de sa gravité, je me retourne en flottant dans les airs, les pieds devant, me laisse tomber sur le dernier mètre et atterris accroupi.

La centrale électrique se trouve deux étages plus bas. Je glisse le long de l'échelle, passe à toute vitesse devant les unités d'habitation, les paumes en feu. Fracas de pieds nus sur la grille métallique. Les relais principaux sont de vraies saletés, de larges barres en T avec des poignées en caoutchouc. Le meilleur moyen de les actionner est d'utiliser ses jambes. Je m'accroupis, coince une épaule sous une extrémité du T et me redresse en poussant de toutes mes forces. La barre pivote de quatre-vingt-dix degrés et des contacts invisibles se déconnectent à l'autre bout.

Je réitère l'opération avec le deuxième relais. L'électricité s'arrête avec un bruit sourd et caverneux et la pièce se retrouve plongée dans l'obscurité absolue. Les lampes de secours s'allument en tremblotant, leurs capteurs photosensibles tressautent, effrayés par le vide soudain. Je compte à nouveau jusqu'à dix, le temps nécessaire pour que le système électrique ne soit plus du tout alimenté, tous ces petits condensateurs qui peuvent garder en mémoire ce qui endommage les processeurs. Je veux qu'ils oublient. En redémarrant après une réinitialisation totale, ils devraient se restaurer d'eux-mêmes dans leur état d'origine. Comme des nouveau-nés.

Les relais sont plus durs à réenclencher, maintenant que les barres sont à la verticale. Je coince un pied sur une rambarde et tire un grand coup. Je sens une douleur lancinante dans mon abdomen qui porte les traces de mon héroïsme d'antan. Je repense à un test de Simcom des années plus tôt. Je devais prouver que j'étais capable d'actionner ces relais dix fois de suite. J'ai cru que mes entrailles allaient jaillir de mes cicatrices noueuses. "Que dalle, je me sens bien. Jamais senti mieux", avais-je lancé aux barbes grises à la fin du test. Avant de pisser du sang pendant une semaine.

Les lumières se rallument dès le premier relais. J'actionne le second. Pas d'alarmes. Tous les systèmes redémarrent, les circuits se réorganisent à partir des mémoires protéiniques, les logiciels se rechargent à partir des circuits câblés de référence. Je suis surtout contrarié d'avoir été dérangé dans mon sommeil et je n'ai aucune hâte de me retrouver devant la paperasserie et les rapports d'incident que je vais devoir me coltiner.

Je suis en haut de l'échelle à présent, je transpire, j'ai mal aux pieds, si seulement j'avais enfilé mes bottes, je vérifie l'heure. 0326. Deux minutes environ pour un redémarrage complet. Ce qui m'en laisse encore deux avant le passage du cargo en provenance d'Orion. Super-serré. Je pense aux dégâts qu'une épave comme celle-ci ferait dans le champ d'astéroïdes. Mais c'est le *Varsk* qui m'obsède. Avec ses cinq mille âmes en train de regarder des films en ce moment même, écouteurs sur les oreilles. De rire devant une comédie. De commander un autre gin tonic. De ronfler. De retrouver leur siège à tâtons dans le noir en revenant des WC. Un bébé pleure, quelqu'un renifle et fiche la trouille à tout le monde dans cet air recyclé où s'entassent tant de passagers.

Tintement dans la machine à TextExp. Message de Houston. Alors que je m'apprête à le lire, les alarmes se déclenchent à nouveau. Hurlent à mon intention. Lampes rouges qui pulsent. Panne totale de l'EOG une *seconde fois*. Après un redémarrage complet.

Impossible. Une douleur lancinante me martèle le crâne tandis que je regarde fixement le message de la Nasa. J'ai beau ciller, les mots ne s'effacent pas. J'avais espéré une solution, quelque chose comme de l'aide, perché dans cette turne. Au lieu de quoi, je lis :

Quelle défaillance ?

3

Depuis que je bosse pour la Nasa, je passe quatre-vingt-dix-neuf pour cent de mon temps à râler que j'en sais plus qu'eux. Le un pour cent restant, je tremble et pisse dans mon froc en constatant que je pourrais bien avoir raison. Je suis dans une de ces phases en ce moment même. Houston devrait être au courant de la moindre défaillance dans ma balise, *et en premier lieu qu'elle n'assure plus les tâches pour lesquelles les balises ont été construites.*

Au lieu de quoi, j'ai affaire à un type qui sirote un café tiède au pays des femmes et de la pizza en vérifiant ses sorties d'imprimante, et qui m'assure que rien ne cloche. *Alors que je sais foutrement bien que quelque chose déconne.* L'EOG était froid au toucher. Et les alarmes se sont à nouveau déclenchées.

Je tape un autre message. La fonction TextExp utilise des particules intriquées qui sont détruites au fur et à mesure, mais pour l'instant, ce qui m'importe le plus, c'est de ne pas perdre mon temps avec un crétin incapable de faire son boulot. Les budgets passent après. J'utilise aussi volontairement la touche majuscule parce que, comme ça, ils nous entendent crier dans l'espace.

EOG PANNE COMPLÈTE. ZÉRO TRANSMISSION. CARGO ET LONG-COURRIER LUXE EN TRANSIT. RÉINITIALISATION RATÉE.

Au boulot, Houston.

J'essaie d'imaginer les gens sur Terre qui se raidissent devant leur console, se frottent les yeux pour en chasser le sommeil et réparent tout ça pour moi de très loin, mais je sais qu'on n'a pas le temps d'effectuer un autre redémarrage, pas avant le transit. Sans trop savoir pourquoi, je me lance à nouveau dans le tunnel qui mène à l'EOG. Peut-être simplement pour regarder, en espérant que rien n'arrive, pour voir passer à vingt fois la vitesse de la lumière un vaisseau qui ne laissera aucune trace derrière lui.

L'EOG est toujours froid et sans vie quand j'arrive, les alarmes toujours en train de beugler en clignotant. Je me tourne vers le hublot qui fait face à la ceinture d'astéroïdes – et vois une nouvelle étoile s'épanouir en une brève et abominable existence. Éclair aveuglant de lumière. Traînées de métal en fusion semblables à des météores. Nuage en expansion de guirlandes en titane. Astéroïdes qui tourbillonnent et se fracassent les uns contre les autres en se divisant en fragments plus petits. Une immense dévastation dans un silence total, un ballet macabre, un son et lumière sans le son.

Un gros morceau du cargo tournoie sur lui-même, vrillé comme un caramel mou, d'énormes brèches noires dans les flancs, des débris de conteneurs rouge vif, bleu et gris flottent tout autour, leur contenu s'éparpille dans le vide, en grande partie pulvérisé et impossible à identifier.

Il suffit d'un instant. Rien n'annonce pareille destruction dans la minute qui précède – juste le calme et les rochers aux allures d'hippopotames qui s'entremêlent – et soudain, c'est le chaos, le feu, la mort et les débris. Voilà à quoi ça ressemble quand un vaisseau spatial d'un milliard de tonnes percute un astéroïde de la taille d'un petit comté à la vitesse de la lumière. Quand l'EOG a cessé d'émettre, c'est comme si on avait enlevé le panneau signalant la falaise à l'entrée d'un virage en épingle. Je pense aux huit membres d'équipage. Huit, le nombre d'hommes dans une unité des forces spéciales. En général, on ne les perd pas aussi vite. Souvent, l'un d'eux part à la dérive et meurt d'une mort lente et solitaire aux confins de l'espace. Mais personne ne dérive aux abords du désastre que j'observe par le hublot. Et cinq mille âmes supplémentaires vont arriver à vingt fois la vitesse de la lumière.

4

Les archives situées au fin fond de la balise 23 contiennent pratiquement tous les romans jamais écrits. Une expédition à l'aveuglette dans la base de données est un exercice de frustration : pour chaque livre que je pourrais apprécier, il en existe en gros trois milliards que je n'achèverai jamais, et aucun moyen de faire le tri, si ce n'est un misérable chapitre ou deux.

Voilà pourquoi je passe plus de temps à lire Wiki *in extenso*, aux environs de 2245. Il n'a pas été mis à jour depuis plusieurs décennies mais c'est encore suffisamment récent pour qu'on y parle de bombes solaires et de grenades à fragmentation.

Ma curiosité au sujet du gardien de phare et du raz-de-marée m'a entraîné loin dans Wiki à la recherche de réponses, sans succès. Mais avant d'adresser une demande de renseignements à la Nasa, je suis tombé sur un article qui défiait la raison. Il me revient en mémoire pendant que j'observe les restes d'un cargo interplanétaire qui se dispersent à travers le cosmos. Il me revient à l'esprit quand j'aperçois ce qui ressemble à deux vaisseaux pirates plus petits, en train d'évoluer parmi les astéroïdes sans vie et les traînées de coque déchiquetée. L'article parlait d'une profession depuis longtemps disparue. Ou c'est du moins ce que croyait Wiki.

À l'époque de la marine à voile, quand les coques étaient destinées à résister à l'eau, non au vide, et que les rochers immergés représentaient les principaux obstacles à la navigation, il existait une profession malhonnête connue sous le nom de *naufrageurs*.

Je n'y aurais pas cru si je ne l'avais pas eu sous les yeux dans Wiki, mais les naufrageurs faisaient exactement ce qu'impliquait leur nom : ils faisaient couler des bateaux pour vivre. Un moyen brutal et meurtrier de gagner sa vie.

En zoomant à travers le hublot, j'observe la flamme des propulseurs et la houppette blanche des contrôleurs d'attitude, tandis que les deux vaisseaux peints en noir filent d'un conteneur à l'autre. Et l'extraordinaire coïncidence de ma panne d'EOG s'envole. Je me trouve dans un phare et les phares n'ont pas toujours été appréciés.

Il y a quatre ou cinq siècles de ça, avant de résister aux assauts des flots, les phares devaient d'abord résister à ceux des riverains. En fait, on bâtissait une partie du phare durant la journée et, la nuit, nombre des pierres disparaissaient. Ça pouvait durer des mois, jusqu'à ce que les entrepreneurs postent des gardes et fichent une raclée aux saboteurs. Les phares, voyez-vous, n'étaient pas bons pour les affaires de ceux à qui les épaves servaient de gagne-pain.

Le pillage d'épaves a probablement démarré avec une grande catastrophe maritime, cadeau soudain et inattendu. Des récupérateurs chanceux et entreprenants vendent le butin qui vient s'échouer au-delà des récifs. Avant peu, des hommes malins et désespérés commencent à appeler de leurs vœux le prochain grand naufrage. Et s'arrangent pour le provoquer.

Dans de petites embarcations, ils offrent de guider les vaisseaux de passage au travers des récifs, dans le seul but de diriger leurs esquifs sur des rochers qui scellent la perte des vaisseaux plus imposants. Ou ils allument des feux pour signaler des baies qui n'existent pas. Falsifient les cartes maritimes. Installent des chaînes en travers des chenaux. Les vies perdues comptent moins que le butin amassé. Derrière chaque épave et chaque naufrage se trouve un homme invisible qui se frotte les mains en pensant aux profits considérables.

Les phares ne peuvent donc être tolérés. La Nasa *déteste* qu'on appelle les balises des phares. Peut-être ne veulent-ils pas donner d'idées navrantes à des gens navrants.

Au loin, dans ce coin de l'espace où il peut se passer des semaines sans que je voie âme qui vive, je regarde ces personnes peu recommandables s'adonner à leurs activités, impuissant. Et je comprends que les coïncidences n'existent pas. Mon petit phare aux confins du secteur 8 a été démonté, brique après brique.

D'une poussée, je m'écarte du hublot et redescends le tunnel pour aller prévenir Houston. Je m'entends penser "On a un problème". Mais plus personne n'écrit ça. On ne contacte Houston *que* si on a un problème. Pas la peine de gaspiller des particules intriquées en redite.

Je tape *sabotage.* Sans majuscules. Regarder le vaisseau exploser en mille morceaux et voir mourir l'équivalent d'une unité aux mains des pirates m'a laissé comme paralysé. *Redémarrage infructueux.* Je reviens en arrière et récris *Redémarrage raté. SVP conseil.*

J'appuie sur “Envoyer”. Puis “Confirmer” et enfin : “Oui, je suis sûr.”

La machine émet un bip. C'est un bon petit bruit, au moins. Une grande partie de la balise a dû être bousillée, y compris le compte rendu d'erreur. Et c'est alors que la grande illumination me tombe dessus comme un sac de briques. Que le supplice des petits bruits qui me rendent fou depuis des mois trouve une explication rationnelle. Dès que j'ai compris que ma balise avait été piratée par des naufrageurs, j'ai supposé que ç'avait été fait de l'extérieur. Qu'ils avaient trouvé une façon de contourner les mesures de sécurité soi-disant imparables de la Nasa. Un piratage brillant.

Maintenant, je repense à un échange que j'ai fait avec des types douteux il y a un moment déjà. Je repense au vaisseau qui m'avait livré ma demande de renseignements avant d'aller dérober du minerai dans la ceinture. Du temps de la marine à voile, les nuisibles montaient à bord dans les caisses de fruits. Les blattes naissaient des œufs pondus dans des cartons. Les rats trouvaient leur chemin à fond de cale, où ils engendraient d'autres rats. Qu'est-ce que j'ai fait, merde ?

Je repense aux bruits qui semblaient se carapater à mon approche. Et brusquement, je ne suis plus seul dans la balise. Je scrute les murs de boutons et d'écrans. Je suis entouré de conduits, des paquets de câbles pendouillent du plafond, les panneaux ouverts me permettent de jeter un coup d'œil dans les entrailles du petit chef-d'œuvre de la Nasa. Et les bestioles sont partout. Me surveillent. Petits insectes de métal qui ne se laissent pas prendre à mes pièges parce qu'ils ne sont pas adaptés.

Je vérifie l'heure. Dix minutes avant que le *Varsk* ne croise dans ces eaux. Ces eaux. C'est pousser la métaphore un peu loin. Ou peut-être est-ce parce que j'ai l'impression de me noyer ? D'être à nouveau en zone de guerre ? Une médaille accrochée à ma poitrine dans un hôpital, accrochée pour avoir sauvé une fraction des vies qui sont à deux doigts d'être englouties par ma faute. Il n'y aura aucune photo de ça. Juste des gros titres mentionnant un accident. Cinq mille morts. Et je suis toujours un héros en train de fumer sa pipe, devant cette abominable vague qui menace.

Un bip. Message de la Nasa.

Rapsit.

"Rapport de situation ?" J'interroge le vide.

"Situation normale, bande de connards. J'ai merdé."

Je parle aux bestioles, à personne en particulier.

Du plat de la main, je donne un grand coup sur l'écran le plus proche et l'affichage vert au phosphore tremblote. Des naufrageurs. J'aurai de la chance s'ils ne me tuent pas. J'ai de la chance qu'ils ne l'aient pas déjà fait. Je dois envoyer un message à la Nasa pour les prévenir de futurs piratages comme celui-ci. Les piratages sociaux sont toujours le moyen le plus facile d'entrer, parce que les gens comme moi sont le maillon faible. Peu importe le coût de l'envoi. Je martèle une explication rapide sur le clavier, une hypothèse :

Accepté une livraison illicite. Bestioles dans le vaisseau, métalliques. Genre de piratage. Fichu tous les systèmes en l'air d'un coup. Vérifier les autres balises. Chercher historique des naufrageurs. Pirates descendu un cargo. Pas sûr qu'ils réparent la balise. Long-courrier luxe avec cinq mille personnes à bord se dirige par ici. Redémarrage a peut-être fonctionné mais ils ont coupé l'EOG dès qu'il s'est remis en route.

Je tape sur "Envoyer". Confirme. Mais avant d'ajouter "Je suis sûr", je repense à mon explication. Est-elle exacte ? Il y a effectivement eu un délai avant le déclenchement des alarmes, comme si le redémarrage avait fonctionné, mais ensuite, l'EOG s'est de nouveau arrêté. Est-ce que ça signifie que les créatures sont toujours là, à me surveiller ? Est-ce que je peux faire quelque chose contre elles ?

En contemplant le tunnel qui mène au phare, je pense à un désinfectant. Je pense à la guerre, où on sacrifie des vies pour en sauver d'autres. Où on va jusqu'à envisager l'éradication. Où les plus grands maux deviennent les plus grands remèdes.

La main sur mon abdomen nu, je frotte les chapelets de chair noueuse, les cicatrices boursouflées qui racontent une histoire. J'arrête. Pas de temps à perdre avec ça. Pas le temps. Je dois agir.

5

Des fils électriques courent au-dessus de ma tête, qui alimentent le repère d'arrimage rouge à l'extérieur, le gros O cramoisi servant à guider les navires ravitailleurs. Je m'en empare et tire dessus d'un coup sec pour les libérer de leur attache en velcro. À l'aide des pinces coupantes, je sectionne une extrémité des fils et en déroule suffisamment pour ce que j'ai à faire. J'attrape une clé à vis au passage et me propulse dans le tunnel menant à l'EOG.

Il est encore à nu, les panneaux posés à même le sol. L'horloge murale m'indique une heure fausse. Je souhaiterais presque qu'elle soit remontée, malgré le tic-tac. J'adorerais savoir combien de temps il me reste.

Je coupe l'alimentation électrique de l'EOG. Le voltage, ainsi que celui du repère d'arrimage, est 220, si je me souviens bien du schéma. Ça fait un moment que je ne me suis pas replongé dans ces conneries. À l'aide de la clé, je dévisse les six boulons qui maintiennent le dôme de l'EOG à son support comme si je démontais le système d'éclairage d'un phare. Je le libère et laisse la clé derrière moi. L'EOG calé au creux de mes bras comme un ballon de plage, je redescends lentement le toboggan jusqu'à la salle de contrôle, vire avant que la gravité ne m'emporte et atterris accroupi.

Je dépose l'EOG au beau milieu de la pièce, près du rouleau de fils électriques, puis descends à nouveau l'échelle, direction les fusibles. Je me cale de dos contre eux et les fais pivoter un peu plus facilement, peut-être parce qu'ils ont déjà été manipulés. Dès que l'électricité est coupée, je me dirige vers l'échelle sans attendre que mes yeux s'adaptent ou que l'éclairage de secours se déclenche. J'ai déjà grimpé deux barreaux à tâtons et en me cognant avant de retrouver la vision. J'entends le bourdonnement d'une pompe ou d'un ventilateur qui s'arrête. Mes pieds nus claquent sur les barreaux.

Je dénude le cordon d'alimentation du repère d'arrimage aux deux extrémités et les raccorde à l'EOG. Les bestioles m'observent. Leurs petites pattes de métal s'agitent. Leurs caméras infrarouges me dévisagent avec curiosité. En position près des relais et des alimentations électriques de la balise, avec leurs petites instructions pour foutre la merde. Enfin, c'est ce que je me dis, même si je n'en sais rien. Même si j'ai le sentiment d'être un peu dingue. Même si tout ça n'est peut-être qu'une vue de l'esprit.

Trois minutes. Mon branchement ne vaut rien mais devrait transmettre assez de courant. Assez pour griller les batteries et l'électronique dans un rayon de plusieurs mètres. Toutes les puces qui ne sont pas conçues pour résister à ça. Tout ce qui ne peut pas effectuer une réinitialisation complète.

Retour aux relais électriques, je me laisse glisser le long de l'échelle, pieds et mains sur les rampes. Me cogne le talon en touchant le sol. Boitille à la lumière de l'éclairage de secours. J'enclenche les disjoncteurs, imagine de vieux types aux barbes grisonnantes qui me scrutent à travers les hublots, observent cet imbécile qui ruine leur simulation tout en prenant des notes sur leurs porte-blocs et en secouant la tête d'un air las.

Le premier disjoncteur entre en contact et les lumières reviennent. Puis c'est au tour du second. Une pause pendant que l'EOG chauffe, suivie d'une série de pops et de sifflements quand il grille tout ce qui se trouve dans les parages. Les alarmes n'ont pas le temps de se déclencher. L'obscurité descend. Une obscurité vacillante, instable, puis totale.

Je remonte l'échelle, cette fois sans lumière. Rien. Juste ma respiration laborieuse, le claquement de mes paumes sur les barreaux, le tic-tac d'une horloge interne, l'image de tous ces passagers dans le long-courrier et de tous ceux que je n'ai pas pu sauver. Des cadavres. Des ossements. Des squelettes grimaçants. Des amis et des frères en tenue de combat, l'air égaré juste avant que la vie ne les abandonne, même s'ils savent ce qui est en train d'arriver, même s'ils s'y attendaient depuis des années, depuis le camp d'entraînement, même si leurs potes sont déjà passés par là. Mais le petit brin d'espoir qui vous faisait croire que vous arriveriez à vous sortir de ce merdier, que vous alliez y survivre, qu'on verrait votre nom sur les Mémoires de guerre, en couverture, pas en dédicace, subsiste toujours jusqu'à la fin.

Je retrouve l'EOG à tâtons en rampant dans l'obscurité absolue. Trouve les fils. Les arrache d'un coup sec. Puis me traîne à nouveau jusqu'à l'échelle pour recommencer la même opération. Épuisé. Ça vaut les entraînements. Les marches forcées. Je ne fais pas assez d'exercice ici. Mon abdomen me fait souffrir, mais c'est sûrement juste une douleur lancinante qui se rappelle à mon bon souvenir. Un souvenir douloureux. Rien de plus.

J'enclenche les disjoncteurs pour la dernière fois je l'espère. Nouvelle réinitialisation complète. Toutes les puces se reconfigurent, les logiciels retrouvent leur état d'origine, l'électricité revient en vacillant, accompagnée des bips, des vrombissements et des sifflements qui sont *censés* être là.

Je me demande si les naufrageurs s'attendaient à ça, si leurs petits virus ont des processeurs capables de s'autorelancer. Peu importe. Pas de temps à perdre avec ça. Je suis de nouveau au sommet de l'échelle, j'ai les bras qui tremblent, les jambes en coton, j'aurais dû couper la gravité avant de commencer. Ça aurait été malin. Un bon soldat y aurait pensé.

J'attrape l'EOG et me lance dans le toboggan. Dans le phare, le zoom est toujours braqué sur l'épave. Il y a du mouvement et de l'activité là-bas, bande de fils de pute. Je resserre seulement deux boulons avant d'empoigner les fils. Pas le temps de retourner couper le courant avant de rebrancher, je décide de faire ça à chaud. D'abord le négatif, en veillant à ce que les fils ne se touchent pas entre eux ou qu'ils n'entrent pas en contact avec la même surface métallique. Puis le positif. Des étincelles fusent au contact puis meurent peu à peu quand j'entrelace les deux extrémités de cuivre bien serrées.

Je recule et m'assieds. Tends l'oreille, à l'affût du bourdonnement. Pose une main sur le dôme. Est-il en train de se réchauffer ou s'agit-il de ma propre chaleur ? Ma paume humide de transpiration ?

Il n'y a pas d'horloge mais je sais que le temps est compté. Et que seules une brusque explosion de lumière dans les hublots, une nouvelle épave gigantesque à passer au crible, remplie de corps et de leurs objets de valeur cette fois, m'indiqueront que j'ai raté mon coup. Je pense aux naufrageurs d'antan qui fouillaient les coffres en bois, les tas de planches et les rouleaux de corde pendant que les cadavres venaient s'échouer sur la plage. Je vois des hommes en apesanteur enlever les bottes des noyés. Fouiller des poches. Arracher des chaînes en or. Sucer des doigts sans vie pour en faire glisser les bagues.

Et puis je vois un petit soldat effrayé assis dans une tranchée boueuse sur une planète étrangère, doigt sur la détente, qui doit juste tirer. Tirer. Les gars tirent autour de lui et ils finissent tous morts. Ma plus grande réussite dans la vie a été de ne rien faire, et pour ça, j'ai reçu une médaille. J'ai été un héros à une époque. Et si on en croit ma photo, je ne serai jamais autre chose.

Les minutes s'écoulent. Les heures. Je sanglote de soulagement. Il ne s'est rien passé. Rien. Cinq mille âmes fébriles ont simplement laissé un sillage invisible en filant devant moi à vingt fois la vitesse de la lumière et elles continuent leur chemin, m'abandonnant ici, en pleurs. Encore dix-huit mois à tirer, seul, dos à la mer, à m'occuper de ma petite balise avec tous ses mignons petits bruits.

II

CAILLOUX DOMESTIQUES

6

Quand un cargo transorbital voyageant à vingt fois la vitesse de la lumière entre en collision avec de gros rochers stationnaires, c'est un sacré spectacle.

Je peux en attester.

J'en ai été témoin.

Si on en croit les blouses blanches de la Nasa, je serais la seule personne à avoir assisté à une telle scène et à avoir pu le raconter. Mis à part les connards de pirates qui ont provoqué le grabuge, ai-je dû leur rappeler.

En pensant à la photo du vieux gardien de phare accrochée dans la partie opérationnelle de ma balise, je me surprends à me demander si certains de ces hommes ont jamais ressenti cette impression de vide lancinante, dévorante, déprimante, après qu'un voilier avait fait naufrage sur leurs récifs. Je me demande s'ils ont éprouvé cette impuissance, cet effroi, ce sentiment d'avoir failli à leur devoir. Ont-ils regardé les planches et les cordages emmêlés s'échouer sur leurs côtes pendant des semaines ? Ont-ils eu le sentiment de ne pas en avoir fait assez ? D'avoir ce sang-là sur les mains ?

J'espère que non. Je ne souhaite ça à personne, malgré l'envie qui me taraude d'avoir de la compagnie, de ne pas me sentir aussi seul. C'est une soif égoïste que de désirer un compagnon d'infortune. La fraternité guerrière s'apparentait beaucoup à ça. On n'aurait pas voulu que nos compagnons d'armes soient là, à souffrir à nos côtés, mais on ne s'en serait pas sorti sans eux. On mourait d'envie autant qu'eux de les voir rentrer à la maison, mais seulement si tous les gars partaient ensemble. Je suis presque sûr que chacun d'entre nous se disait : *On n'abandonne personne – surtout pas moi.*

Sept jours se sont écoulés depuis l'accident et je n'ai pas beaucoup dormi. Je n'ai pas d'appétit. Je ne cesse de me répéter qu'il n'y a eu que six morts, une belle journée au front, mais c'est peut-être parce que le long-courrier y a échappé d'un cheveu seulement que je n'arrive plus à dormir la nuit et que je saute mon bol de mélange protéiné du matin. Même si le convoi de passagers est passé sans incident, je vois quand même cinq mille cadavres qui cabriolent au milieu des astéroïdes. J'entends les pleurs de leurs familles. Ils ignorent tous à quel point il s'en est fallu de peu. Moi, je le sais. Et ça me fout la tremblote quand j'y pense. Alors je me concentre sur les quatre hommes et les deux femmes qui sont réellement morts là-dehors et je me repasse la scène en boucle, en me demandant ce que j'aurais pu faire différemment.

La Nasa n'a pas mâché ses mots, bien entendu. Plus de commerce avec des vaisseaux croisant dans les parages. Je suis officiellement en quarantaine. Mes conneries ont eu une incidence sur les protocoles de toutes les autres balises. Je me souviens d'un matin à l'école de pilotage où la section entière avait dû courir trente kilomètres à cause d'une de mes blagues. Je continue à causer des problèmes à tout le monde. Avant de pouvoir m'en empêcher, je repense brusquement à mon dernier jour de guerre, à mon unité décimée, aux trois sections réduites à l'impuissance, à l'oubli qui rôde…

Je refoule ces souvenirs et embrasse des tourments plus récents. Mais mon psy m'a prévenu, la colère et la dépression peuvent être dirigées contre le mauvais objet, et si je ne résous pas toute cette merde, elle ne cessera de refaire surface sous des formes inattendues. Ce ne sont peut-être pas les six morts ou les cinq mille rescapés qui me mettent dans cet état. Et accepter ce boulot était peut-être le pire moyen de combattre mes démons. Je suis piégé ici avec eux, dans cette balise. Et ils me surpassent largement en nombre.

Si mes tourments personnels ne sont pas près de disparaître, du moins le cosmos a-t-il la mémoire courte. Une armada de nouveaux vaisseaux avec les numéros d'identification de leur base peints sur la coque n'a cessé d'aller et venir. Ainsi que des badauds en vaisseaux privés, des collectionneurs de souvenirs et des charognards. Le cargo bousillé était comme une canette de soda renversée, attirant des essaims de fourmis et d'abeilles qui sont venus, puis repartis.

La Nasa, Dieu soit loué, se concentre uniquement sur le fait qu'en redémarrant la balise, j'ai effacé les dernières heures d'enregistrement des scanneurs et que nous n'avons donc aucune vidéo du désastre.

Selon eux, j'ai raté une excellente occasion d'enregistrer ce qui arrive lorsqu'un vaisseau entre en collision avec un champ de météorites dans l'hyperespace. Peu importe que j'aie sauvé cinq mille vies, au dire de mes patrons, ça n'aurait pas été cher payé comparé à ce qu'on aurait pu apprendre.

Marrant. J'avais cru laisser derrière moi ce genre de calculs impitoyables en quittant l'armée. Je suppose que gagner cinq cents mètres sur un caillou extraterrestre vaut à peu près autant qu'un paragraphe de plus dans la mine d'informations qu'est la connaissance humaine. On mourra tous, de toute façon, non ? Alors quelqu'un devrait expliquer à ces clowns que les frontières non plus ne dureront pas éternellement, de même que leurs théories. Tout passe. Ils peuvent me critiquer tout leur saoul pour avoir choisi de sauver des vies. À chacun ses priorités idiotes, je suppose.

Je m'assieds dos à l'EOG restauré pour apaiser mes pensées. Quelle que soit l'action du dôme sur le champ gravitationnel pour avertir les vaisseaux d'un danger potentiel, il est tout aussi utile pour mon cerveau. Je m'inquiète moins quand je suis là-haut. Comme si deux doigts de whisky me couraient constamment dans les veines, sans jamais s'arrêter, sans jamais se tarir, sans jamais dépasser la mesure.

À l'extérieur du hublot, un immense champ de débris accroche la lumière des étoiles. Le seul scanneur de la Nasa à se souvenir de ce qui s'est passé est mon cerveau imprécis et ébahi qui se rejoue la collision en boucle. Je vois un éclair lumineux, des astéroïdes gros comme des lunes qui se désintègrent en nuages de poussière étincelante, la cargaison ayant réchappé de l'impact qui s'éparpille, la moitié arrière de l'imposant vaisseau qui crève l'hyperespace et explose en morceaux innombrables tandis qu'une masse de fragments métalliques et de météorites prend de la vitesse, rebondit et se met à tourbillonner.

J'ai décrit la scène du mieux que je pouvais aux blouses blanches. J'ai hoché la tête devant leurs simulations. Je les ai regardés tournicoter d'un pas lourd dans ma balise, passant en revue panneaux et recoins pour repérer la petite vermine saboteuse qui m'avait tourmenté avec ses grincements et ses cliquetis, tout en me sermonnant sur les nouveaux protocoles de quarantaine. Pendant que débris et météorites rebondissaient sur la coque avec un bruit de grêlons métalliques et que des hommes plus futés que moi fronçaient les sourcils en calculant Dieu sait quoi dans leur caboche, je me suis demandé s'ils allaient me renvoyer à la maison comme l'avait fait l'armée. Mais ils ont remballé et filé à toute allure vers Houston, me laissant à mon angoisse.

Les débris continuent de percuter la balise depuis leur départ, même si les crépitations s'espacent. Ignorant les considérations rassurantes des blouses blanches, j'ai pris l'habitude de dormir dans le vaisseau de secours, juste au cas où. J'ai récupéré la combinaison spatiale dans le sas – la chose puait une décennie de transpiration et de stockage – et je la porte constamment à présent. Je dors avec mon casque posé juste devant moi. Les deux premières nuits, je l'avais sur la tête, visière fermée, vision brouillée par mes exhalaisons.

L'image que me renvoie la visière réfléchissante n'est pas terrible, je dois admettre. On dirait un mort. Décharné. Barbu. Plus vieux que mes trente-cinq ans. Mais je garde ce reflet de moi-même tout près, le casque à portée de main, exactement comme quand j'étais dans l'armée. J'ai appris il y a longtemps à me bercer de l'illusion qu'une mince carapace sur mon crâne pouvait me sauver. Pas de rocher sous lequel se planquer, alors il faudra que ça fasse.

Au beau milieu de la nuit dernière, un fragment indéterminé a transpercé en sifflant le panneau solaire supérieur. Je me suis réveillé et suis monté comme j'ai pu évaluer les dégâts. Un petit orage de débris a mitraillé la coque, provoquant un fracas abominable – mais la balise n'a jamais perdu son intégrité. Depuis, je garde un œil sur les indicateurs atmosphériques. Les alarmes devraient se déclencher si quelque chose allait de travers mais je n'arrête pas de me demander ce qui se passerait si elles étaient les premières endommagées. Ou si même je pourrais les entendre dans le vaisseau de secours la nuit. J'ai l'impression de vivre à nouveau dans les tranchées, sauf que les bombardements sont différents. Mais je ressens à chaque seconde cette énergie nerveuse, anxieuse, la certitude que la vie peut s'arrêter avant qu'on ait le temps d'appeler sa maman. Un simple sifflement puis un nuage rouge. Ou dans le cas présent, un coup violent, le chuintement du stabilisateur de vide, et une mort glaciale et étouffante.

Histoire de penser à autre chose, je passe en revue les images que j'ai réussi à filmer des conséquences de la collision. On y voit une grande partie des débris en train de ricocher et de se disperser et j'ai aussi une super-vidéo des deux vaisseaux charognards qui ont provoqué l'accident. J'ai réussi à capter leurs signatures et leurs numéros d'identification avant qu'ils ne parviennent à filer dans l'hyper-lumière. Je suis certain que les signatures sont bidon, mais au moins, je me suis senti utile. Et avec le zoom au maximum sur le scanneur de ma visière, je peux observer les petits salauds en combinaison spatiale qui passent le cargo à la dérive au peigne fin, prenant ce qu'ils peuvent, remplissant leurs soutes avant de disparaître.

Quelque part, les dépouilles des six membres d'équipage dérivent dans l'espace – à moins que la flotte interstellaire ne les ait retrouvés ou qu'un des badauds ne se soit satisfait d'un cadavre comme souvenir. Quelque part, les télés ont changé de sujet et sont passées à la guerre qui se rapproche du secteur 7 et à la prochaine planète qui risque de capituler. Presque partout sauf ici, six morts, c'est de l'histoire ancienne. Circulez, y a rien à voir. Il faut se sentir franchement seul pour se soucier de la disparition d'une poignée d'étrangers.

Ma vision des choses est sans doute déformée par les hublots qui m'entourent. Six personnes sont probablement mortes en glissant dans leur douche le temps qu'il m'a fallu pour imaginer la scène. Mais ça va au-delà des disparitions auxquelles j'ai assisté : c'est une question *d'anéantissement*. Le bruit qu'on fait en partant semble conférer plus d'importance à notre dernière pirouette. Je pense à mes potes qui ont tiré leur révérence à cause d'une grenade et à ceux qui sont morts d'un staphylocoque doré dans un hôpital pour anciens combattants. Ces derniers passent inaperçus. Ils ne sont qu'une statistique. Mourez sans bruit et vous êtes un chiffre. Mourez de façon spectaculaire et vous êtes un *nom*.

Je n'ai jamais voulu être un nom. J'ai failli y passer, avec le reste de mon unité. Je pense à ceux qui veulent faire un film de cette ultime représentation. Aux éditeurs qui marchandent pour un livre. Aux écrivains de l'ombre qui prétendent écrire sur des ombres.

Tout le monde veut que je revive cette histoire. Moi, je veux juste qu'on me foute la paix. J'ai demandé une affectation dans un endroit où personne ne pourrait me trouver, où personne ne connaîtrait mon nom.

Alors ils m'ont donné un numéro. 23. Ma petite balise.

Mais l'explosion de lumière m'a quand même rattrapé, et un équipage mort dérive dans l'espace, et la guerre se rapproche.

Je ne peux pas dormir la nuit.

Et c'est peut-être une bonne chose.

7

Une alarme retentit dans le poste de commande, quatre étages au-dessus de l'aile où se trouve le sas. Je me suis vraiment enterré dans un trou. Maintenant, je dois remonter voir ce qui fait bip. Avec la combinaison, l'échelle est une vraie saloperie. Je grimpe d'une main, le casque dans l'autre, me cognant la hanche contre les barreaux. Je suis en train de péter un câble. De gaspiller ce que la Nasa a investi en moi.

Je traverse lentement le module de survie et le module électrique, puis mes anciens quartiers d'habitation et j'émerge dans ce que j'aime à considérer comme mon bureau. Un des scanneurs clignote. Je me dirige vers lui d'un pas lourd quand le bip du TextExp me signale un message entrant. Je décide de le lire d'abord, sachant qu'il doit s'agir de la Nasa qui me demande probablement de contrôler ce qui bipe sur le scanneur. Ces petits messages de Houston sont ma seule compagnie. J'aime bien ce contact. Dommage que Houston soit plein de connards et de tyrans. Peut-être que les prisonniers à l'isolement ressentent la même chose que moi : ils haïssent leurs gardiens mais une raclée de temps en temps vaut mieux qu'aucun contact du tout.

Je déchiffre la sortie papier. Je suis leur singe savant.

Repéré sig vie.

Ça me paraît tellement improbable que je me dis que la balise déconne encore à la suite du redémarrage. Un second message arrive avant même que j'aie eu le temps de regarder le scanneur.

Vérifier scanneur.

"C'est ce que je fais", dis-je. Nom de Dieu !

Parfois, j'aimerais que le TextExp ne soit pas aussi instantané.

Je traverse le poste de commande en soupirant pour vérifier le scanneur biologique. C'est un des instruments les plus sensibles de la balise, et c'est peu dire. Si du lichen ou des germes commencent à s'accumuler à l'extérieur de la coque, le scanneur émet une alarme, comme il le fait en ce moment même. Je la prends en compte afin de la couper mais la lumière continue à clignoter, m'indiquant que l'instrument est toujours en cours d'analyse.

Pour blaguer, les intellos de Houston racontent que le scanneur biologique peut entendre une protéine se replier dans le vide spatial à cinq cents kilomètres de là. Ils trouvent ça marrant, vu que le son ne voyage pas dans l'espace. Enfin, je crois que c'est ça, la blague. Les types de la Nasa se comportent bizarrement avec les trucs qui leur font peur. Les formes de vie inconnues les rendent vraiment nerveux et pourtant, ils ne parlent que de ça. Comme les ados avec le sexe.

J'étudie l'écho radar, dans l'espoir de le voir disparaître. Il s'est écoulé une semaine depuis la collision. Un des membres d'équipage aurait-il pu survivre à l'impact dans un module de stase ? Ou une cargaison aurait-elle été éventrée récemment quand son caisson est entré en collision avec un autre objet ?

Le signal vient des débris, aucun doute possible. Et il s'agit d'un objectif solide, non d'un écho dispersé comme on pourrait en avoir un avec un conteneur laissant fuir des biocarburants. Quelque chose vit. Ou alors, les scanneurs de la balise sont foutus. C'est plutôt ça, à mon avis. J'observe l'écho en comptant jusqu'à dix et j'attends que la chose, quelle qu'elle soit, meure dans le vide. Si elle était enfermée de manière étanche dans un scaphandre ou un vaisseau, le scanneur n'aurait rien repéré. Malgré toute l'activité dans le secteur ces derniers temps, il ne s'est déclenché que brièvement, quand quelqu'un a vidé ses chiottes, et encore, il n'a clignoté qu'une fois.

Barre-toi, dis-je à l'écho. *Je n'ai pas besoin de toi.*

…

Je me ronge les ongles. Une habitude dont je me suis presque débarrassé.

…

Presque.

…

Bon sang. D'accord. Retour au TextExp, où je tape : *Je le vois. 32 km.*

En d'autres termes : Confirmé. Et il se trouve à trente-deux kilomètres, alors est-ce qu'on ne pourrait pas faire comme s'il n'était pas là ?

Vérification.

En d'autres termes, faites une sortie dans l'espace, allez voir ce qui est vivant et revenez au rapport si vous n'avez pas été tué avant.

Putain de Nasa. Dans un film d'horreur, au moment où tout le monde se recroqueville sur lui-même en criant au héros de faire demi-tour et de se tirer en courant, de se glisser sous le lit, d'attraper un pistolet ou d'appeler les flics, la Nasa joue le rôle du type en arrière-plan qui crie : "Allez voir ce qui a fait ce bruit ! Et prenez une lampe de poche !"

8

Au moins, j'ai déjà ma combinaison sur moi, et après avoir dormi dedans une semaine, l'odeur de sueur nauséabonde qu'elle dégage m'appartient. C'est cette vision positive de la vie qui m'a permis de supporter mes trois périodes d'affectation et demie ainsi que les six derniers mois de ma première mission d'aiguilleur de l'espace. Je suis un gars plutôt enjoué une fois qu'on s'est familiarisé avec la terreur brute et obscure, la peur paralysante qui se terre dans ma poitrine et contre laquelle je me bats à chaque heure du jour. Une peur qui me fait parfois sangloter dans mes mains quand je suis seul, me pousse à fuir la foule ou rend le moindre bruit retentissant difficile à supporter. Une peur qui me fait penser que je n'aurai sans doute plus jamais de relation normale, platonique ou non. Une fois qu'on a pigé ça, on ne peut que se dire, "Hé, pourquoi ce type est-il si heureux tout le temps ?"

J'embarque quelques provisions dans le vaisseau de secours (kit médical, bouteille d'oxygène supplémentaire, repas tout-en-un, bidon d'eau) et m'assure que la boîte à échantillons est verrouillée dans son compartiment. Les contrôles sur les moteurs et le module de survie me rappellent mes années de pilote, avant que je me retrouve au sol et qu'on me force à entrer dans l'infanterie. Les alcoolos sont un atout sur la ligne de front, m'a appris l'armée. Dans les airs, nous sommes de véritables fléaux.

Alors que je fais chauffer les propulseurs en me demandant ce qui est vivant là-bas, dans le champ d'astéroïdes, je me surprends à désirer de toutes mes forces une ou deux nacelles laser sous mes ailes. Avant de me rappeler que ce vieux tas de boue rouillé *n'a même pas* d'ailes. Il ressemble à des chiottes de jardin – sauf qu'il ne sent pas aussi bon. Et il vole comme une bouse aussi. Je m'en souviens au moment même où je ferme hermétiquement le panneau d'ouverture et me désarrime de la balise. Je manœuvre avec hésitation jusqu'à ce que j'aie le manche bien en main. Je tends le cou et jette un regard en arrière à ma petite maison de l'espace. Ce que je vois me file le vertige.

Je vis là-dedans ?

La balise n'est qu'une boîte de conserve blanc cassé dans une nappe de pétrole obscure. La coque est couverte de traces de combustion et de marques noirâtres dues aux micro-impacts et j'aperçois une étoile à travers le trou tout neuf dans le panneau solaire supérieur. Les feux clignotants en haut et en bas de la balise, ainsi qu'aux extrémités des panneaux solaires, signalent à Dieu sait qui un obstacle à la navigation. Hormis la balise, mon secteur est vide. Même l'amas de débris a disparu. Seuls, les serpentins de métal et les festons de fibres de carbone attestent que quelque chose est arrivé ici, comme dans un carrefour après une collision entre deux véhicules, les éclats de verre éparpillés et les morceaux de feux arrière.

Je devrais sortir plus souvent. La perspective fait du bien. Le règlement de la Nasa stipule qu'on doit effectuer une sortie extra-véhiculaire par semaine pour inspecter le matériel, mais on m'a dit que personne ne le faisait. Il est plus facile de rester assis la tête contre l'EOG à prendre son pied, en espérant que rien de mal ne viendra perturber la torpeur de notre misérable petit confort.

Les écrans multiples du tableau de bord tremblotent quand je perds momentanément la liaison satellite avec la balise. Je donne un coup sur le côté et la vidéo revient à la normale. J'ai renvoyé la sortie du scanneur biologique de la balise vers l'écran afin de suivre la trace du signal. J'attends qu'il disparaisse. Je sens mon opérateur à Houston qui surveille la télémétrie de près en pianotant sur son bureau, impatient que je lui fournisse plus de données. À côté de lui, un autre technicien est probablement en train de s'occuper de la balise 512 et d'une saleté de pompe à eaux noires qui n'en fait qu'à sa tête. Une rangée plus loin, quelqu'un annonce à la balise 82 que leur couloir de trafic aérien a été dévié et qu'un remorqueur spatial va venir les transférer la semaine suivante. Soudain, Houston n'est rien d'autre qu'un centre d'appels clients répondant aux petites urgences d'une flotte de bidons métalliques hors de prix dispersés dans tout le cosmos. Hé. Peut-être que c'est *nous* les tyrans, pas eux.

L'alarme anticollision se met à biper quand un énorme astéroïde déboule en tourbillonnant dans ma direction. Il est loin et j'ai largement le temps de corriger la trajectoire. Mais je comprends pourquoi l'alarme s'est déclenchée aussi tôt : cette boîte de conserve se déplace comme un monocycle et la roue solitaire ressemble à celle d'un chariot de supermarché qui tourne sur elle-même et fait n'importe quoi.

De l'autre côté de la face cachée d'un astéroïde semblable à une petite lune, à environ trente kilomètres de la balise, le radar accroche la cible. Elle se trouve à cinq cents mètres devant moi seulement et dérive vers la balise à une vitesse raisonnable. Comme si elle venait me chercher. Je tends le bras pour zoomer avec le dispositif tête haute afin de l'avoir en visuel et me retrouve en train de palper le vide de ma main gantée. Il n'y a pas de dispositif tête haute. Je ne suis pas dans mon Falcon. C'est dingue comme on peut conserver longtemps certains réflexes. Je n'ai d'autre choix que de me pencher vers l'avant dans mon harnais et de plisser les yeux pour apercevoir quelque chose.

Là.

Dans le labyrinthe et le fatras d'astéroïdes, un objet aux lignes et aux angles nets, fait de la main de l'homme. On dirait un conteneur de cargo, du style de ceux qu'on charge dans le ventre des vaisseaux de marchandises effectuant de petits vols atmosphériques, dans ces stations spatiales grouillantes d'activité au-dessus des planètes colonisées. Il est vert vif et couvert de marques d'impact sur le côté, ainsi que d'inscriptions en différentes langues.

Je ralentis – les jets d'air qui propulsent le vaisseau vers l'avant forment de petits cristaux à la sortie des buses – et je déplie le bras articulé. En me rapprochant, j'aperçois une constellation d'objets qui dérivent le long du conteneur – sa cargaison, sans aucun doute éjectée après une collision avec un des nombreux astéroïdes. Un siège de WC passe en tournoyant. Puis des douzaines. Et des fragments de caisses en bois. Des robes de femmes, dont beaucoup sont encore sur leurs cintres, papillons de nuit arachnéens qui, étrangement, conservent leur aspect froissé en flottant devant moi.

Je pénètre un champ d'astéroïdes à l'intérieur d'un champ d'astéroïdes. Si l'amas de rochers plus important peut être comparé à une protoplanète qui n'a jamais entièrement pris forme, là, on se croirait dans un grand magasin qui n'a jamais atteint sa masse critique.

Je manœuvre pour faire face au conteneur et allume les projecteurs avant d'une pichenette. Ils percent à peine l'obscurité qui règne dans le caisson métallique. Je me demande brièvement si je vais devoir entrer là-dedans. Et je me dis que jusqu'à ce qu'on arrive à surpasser l'Intelligence artificielle, la Nasa aura toujours besoin de singes comme nous dans l'espace. Pour prendre ce genre de décisions stupides.

Je vérifie à nouveau les écrans multiples pour voir ce qu'indique le scanneur biologique. Le signal semble différent. Plus faible. Je tapote l'écran et l'image tout entière vacille, mais le petit écho rouge au centre demeure l'ombre de ce qu'il était. Ce qui vivait là, dehors, n'en a plus pour très longtemps. Et maintenant que je suis ici, si proche de cette chose inconnue, je ressens le besoin de la secourir. Il y a peu, je voulais simplement qu'elle disparaisse. À présent, je veux qu'elle tienne le coup encore un moment.

Je fais pivoter le vaisseau d'un côté à l'autre en surveillant l'écho. Ça aide à le trianguler, à confirmer que la source vient bien de l'intérieur du conteneur. Un grand sac de courrier postal en plastique dégringole devant moi, laissant échapper enveloppes et petits paquets. Encore des foutus sièges de WC. Ils percutent la coque avec un bruit sourd mais ne présentent aucun danger. Et le signal rouge glisse vers le bord de l'écran. Dieu sait comment, il m'a dépassé.

Je fais demi-tour sans quitter l'écran des yeux jusqu'à ce que l'écho soit de nouveau centré. En scrutant l'endroit indiqué, je ne vois rien d'autre que le petit tas de lettres et de colis postaux. Ainsi donc, il n'y a personne à secourir. C'était un fantasme stupide de toute façon. Je suis probablement en train de cavaler derrière les cookies d'une grand-mère lambda, à présent velus à cause des moisissures résistantes dans l'espace. Je suis déçu, même si la Nasa devient dingue dès qu'il s'agit de moisissures. Mon opérateur va sûrement être tout excité.

À une douzaine de mètres des astéroïdes, je déplie le bras articulé. Je soulève ma visière pour mieux voir, desserre mon harnais et me penche vers le pare-brise pour scruter l'espace. J'agite le bras d'avant en arrière parmi la ribambelle de paquets et les redirige doucement vers de nouvelles trajectoires. Je regarde sans cesse l'écran pour voir si le signal se déplace. Mais lorsque j'aperçois l'objet de mes propres yeux, je sais. Dieu sait comment, je sais. Dans un emballage en carton déchiré, je découvre une boîte en bois plus grosse qu'un grille-pain, d'un rouge cerise intense et rutilante de vernis.

Ce n'est pas juste la beauté saisissante de l'objet, pris sous le feu des projecteurs du vaisseau, ni la texture du bois – un régal pour les yeux. C'est la façon dont la boîte s'est brisée qui me fait penser que le signal vital capté par les détecteurs pourrait s'échapper du paquet éventré.

Je traverse une nuée d'enveloppes et de colis ficelés, attrape la boîte à l'aide du bras puis fais pivoter le vaisseau de quatre-vingt-dix degrés. L'écho reste parfaitement centré sur l'écran. Il s'agit bien de l'objet qui a perturbé ma rêverie du jour. Son signal est faible et diminue. Je rabats ma visière et rétracte le bras, rapportant ce que j'ai trouvé dans le confort et la sécurité de mon atmosphère. Peu importe ce que c'est.

9

J'attends d'être dans le sas pour inspecter la boîte. S'il y a la moindre contamination, je peux le purger et me décontaminer avant de pénétrer dans la zone d'habitation ou d'enlever ma combinaison. Je n'y crois pas trop, cependant. Le signal de vie sur mon écran diminuait déjà à toute allure quand j'ai rapporté l'objet à l'intérieur. Je commence à me dire qu'une boîte contenant une grenouille apprivoisée ou des vers pour la pêche s'est fissurée quand le conteneur s'est renversé.

Je pose la boîte sur le banc où l'on se change, laisse tomber le sac contenant le kit médical par terre, fouille dedans et en sors le scanneur générateur biologique. Il y a un avertissement imprimé en grosses lettres rouges dessus : "NE PAS ENLEVER CASQUE AVANT UTILISATION." Ils auraient dû le mettre à l'intérieur de la visière et non sur le scanneur. Parce que quand on lit cette mise en garde, on a déjà agi de façon responsable. Je m'acharne sur le petit interrupteur exaspérant du scanneur en me demandant combien de singes de l'espace ont quitté leurs gants épais pour pouvoir manipuler ce truc. La Nasa n'est vraiment pas douée en matière d'avertissements.

Le scanneur s'allume enfin. Je le passe sur ma combinaison, autour de mon casque, le long de mes bras, puis l'approche lentement de la boîte. J'en fais deux fois le tour. Je sens l'appareil qui bourdonne dans ma main. Une lumière orange clignote pendant qu'il analyse les données avant de passer enfin au vert.

Vert signifie que tout va bien. Enfin, j'en suis presque sûr. Ou est-ce que ce ne serait pas plutôt, *Oui, on a trouvé quelque chose de dangereux* ? Non, ça n'aurait aucun sens. Je doute uniquement parce que j'ai la trouille, puis je me dis que si quelque chose dans l'air devait réagir à mon corps, ça aurait aussi réagi au scanneur. Là, tout de suite, je voudrais vraiment un deuxième scanneur pour scanner *le premier*. Et peut-être même un troisième.

Mon petit hibernatus bourré de TOC semble se réveiller. Il fait ça uniquement quand il est persuadé que je vais mourir dans la seconde d'une mort affreuse, épouvantable. Je le voyais souvent pendant la guerre. Mais au cours de la semaine passée, il a refait surface sous la forme de l'ancien coloc de fac qui débarque un jour, squatte le canapé et s'installe chez vous en laissant le lait sur le plan de travail avant même que vous ayez eu le temps de dire ouf.

Ah, et merde. Soit je meurs dans le sas en respirant une toxine expédiée par la poste à un politicien, soit je reste assis là jusqu'à ce qu'un gros morceau d'épave fasse un trou dans la paroi et que mon atmosphère s'échappe entièrement vers l'extérieur. Je tergiverse. Dois-je ou non retenir ma respiration ? Inspirer un grand coup avec bruit plutôt qu'inhaler une série de petites bouffées ? (Je me suis souvent posé la question quand un pote de mon unité lâchait un pet en hurlant de rire. Respirer normalement ? Ou retarder l'inspiration, au risque d'aspirer ensuite ce pet au plus profond des poumons où il pourrait rester à jamais, sous forme de micro-flatulences se combinant au cœur même de votre être ?)

J'opte pour la respiration hachée, lèvres pincées, et avale de minuscules bouffées d'air saccadées en sifflant presque. Je fais confiance à ce foutu scanneur et relève ma visière. J'ai la tête qui tourne un peu avec cette technique. Enfin, je crois que ça vient de la respiration. Mon pote l'obsessionnel hurle dans mon crâne, "Je te l'avais dit !", en m'affirmant que notre mort est imminente et que tout est ma faute parce que je ne l'ai pas écouté.

J'enlève mon casque d'un coup sec et retire mes gants avec peine. Je respire normalement à présent et la sensation de vertige diminue. Mon coloc hausse les épaules, mâchonne une part de pizza froide et retourne à sa télé. Je reviens à la petite boîte.

Il y a une paire de grands ciseaux dans la trousse de secours pour découper la gaze et les combinaisons. Je m'en sers pour couper le carton qui masque encore partiellement le bois rutilant en faisant attention à ne pas bousiller l'étiquette, parce que je suis sûr que la Nasa voudra connaître le destinataire du colis ainsi que son origine. En jetant un coup d'œil à l'adresse, je vois qu'il s'agit d'une université d'Oxford. SAU. Jamais entendu parler. Mais il n'y a que quelques milliers d'universités à Oxford et je dois pouvoir en citer deux. Le destinataire est un certain Prof. Allard Bockman. Le nom de l'expéditeur a été abîmé lors de l'impact mais je suis certain que la Nasa saura le retrouver avec le code-barres.

Je mets le carton de côté et étudie la boîte, magnifique, bien qu'abîmée. Elle est décorée sur son pourtour d'un motif gravé très orné qui ressemble aux maillons entrelacés d'une chaîne. Il est suffisamment imparfait pour que je puisse le croire fait à la main, mais assez précis néanmoins pour que j'admire le talent et le soin qu'on y a apportés. Ou peut-être est-ce une machine qui l'a fabriqué, avec juste assez d'irrégularités pour laisser penser qu'il a été fait artisanalement. On ne sait jamais ce qui est réel de nos jours. Comment les cyniques parviennent-ils encore à trouver de la joie même dans les choses les plus simples ?

J'inspecte d'abord les dégâts. Je sonde le coin abîmé du pouce et sens des échardes partout. Il me vient soudain à l'esprit – mon coloc laisse tomber sa part de pizza et bondit hors du canapé, affolé – que le trou a peut-être été fait de l'intérieur. Quelque chose s'est peut-être échappé de la boîte !

Je la repose et recule d'un pas, trébuchant pratiquement sur mon casque. J'aperçois brièvement un de mes gants du coin de l'œil, telle une araignée blanche géante, et pousse un cri perçant. Je me souviens de la peur qui s'emparait de moi à l'armée en découvrant une sangsue-épée dans ma couchette – et de la peur plus grande encore *quand je m'apercevais qu'elle n'y était plus* –, et une onde électrique me remonte le long de la colonne.

Quelque chose me démange au niveau du genou.

Et quelque chose se déplace sur ma hanche et me grimpe le long des côtes.

J'agrippe la combinaison que je n'ai pas quittée depuis une semaine, essayant de me rappeler où se trouvent les attaches, les fermetures et les pressions. En libérant mes bras et mes jambes, je réalise que c'est sûrement parce que je porte ce foutu machin depuis huit jours que ça me démange et que je n'ai pas cessé de me gratter depuis des lustres. Et que la seule chose susceptible de me tuer dans cette combinaison est la puanteur.

Nu et en sueur, respirant fort, cent mille dollars de combinaison spatiale en vrac sur le sol tel un smoking pendant une nuit de noces, j'essaie de retrouver le souvenir du type qui courait au-devant d'une armée de Ryphs, le fusil à la main, au milieu des tirs de plasma et des nuages de poussière qui fleurissaient autour de lui, tandis que des combats acharnés se livraient dans l'atmosphère et que des missiles cinétiques quittaient leur orbite pour foncer vers la Terre.

Est-ce que c'est moi, ce singe de l'espace ramolli et traumatisé, cette couille molle ?

Est-ce que j'étais comme ça avant le camp d'entraînement ?

J'étais comme ça au lycée. C'était vraiment moi. Bon sang, qu'est-ce que l'armée m'a fait ?

C'est alors que j'entends le grattement. Qui provient de la boîte posée sur le banc.

Et une petite voix, qui ne semble pas sortie de mon imagination.

10

Je ramasse le coffret éventré en bois lustré, le retourne pour trouver le fermoir et entends à nouveau bouger à l'intérieur. Bruit assourdi d'un objet lourd heurtant une paroi. Je sens une légère vibration dans ma main.

En fait, le fermoir se compose de quatre chevilles en bois, chacune plus grosse que mon doigt. Je les pousse une par une et quand j'actionne la quatrième, les trois premières reviennent en place, bien alignées. Je les pousse à nouveau mais le couvercle reste fermé. Je recommence. Essaie les deux premières. Rien. La première et la troisième. Rien. Les deux du milieu. Rien. Juste la première. Rien. Juste la deuxième. Et le couvercle s'ouvre avec un bruit sec.

La chose à l'intérieur remue à nouveau. Puis j'entends quelqu'un qui dit :

— Nom de Dieu de bordel de merde, t'as mis le temps !

Il y a un caillou dans la boîte.

Je regarde le caillou.

J'ai l'impression que le caillou me regarde.

Le caillou change imperceptiblement de position.

— Quoi ? demande-t-il.

— Salut ? dis-je en retour.

— Ouais, c'est ça, salut, pourquoi t'as mis aussi longtemps, bon sang ? J'étais en train de crever là-dedans.

— Tu es… un caillou, dis-je au caillou.

— Et comment.

Je repose la boîte sur le banc, m'assieds sur les talons et observe attentivement le petit objet. Il est gris avec de larges plages noires, grêlé de minuscules fissures et de craquelures. Une des taches noires, enfoncée, pourrait être un… œil ? J'ai eu l'occasion d'observer d'innombrables représentations d'extraterrestres pour la Nasa et l'armée et j'ai oublié une grande partie de ce que j'avais dû mémoriser pour réussir les tests, mais je sais qu'il existe des flopées de créatures qui se camouflent soit pour ne pas se faire piétiner, soit pour éliminer ceux d'entre nous qui s'approchent trop près. Pourtant, je n'ai jamais vu une créature qui ressemble autant à un… caillou.

— Tu es quoi ? dis-je.

— Ben, vu que toi, t'es à l'évidence humain, tu dirais sans doute que je suis un Orvid. Et vu que t'es clairement terrien à l'accent, t'en as sans doute rien à secouer de mon nom dans ma propre langue alors pourquoi s'emmerder ?

— Tu es sacrément grossier.

— Tu me vois hausser les épaules, là ? me lance le caillou. Rien à cirer.

— C'est bizarre, dis-je tout haut pour moi-même, mais un peu aussi pour le caillou, j'imagine. Je veux dire, une grande partie de ma vie a été franchement tordue et complètement dingue, mais là, c'est carrément étrange et fascinant.

— Non, sans déconner ? Je suis en route pour une vie heureuse à Oxford, et d'un seul coup, je ne peux plus respirer et une espèce de taré pousse des cris en secouant ma chouette petite baraque en bois et en m'engueulant à cause de mon vocabulaire. Bon sang, mec, j'ai failli crever à l'instant et, toi, tu penses à toi ? Dans le genre égoïste, tu te poses là !

Ça m'arrête net. Je suis encore déboussolé à l'idée que cet extraterrestre à l'allure de caillou soit vivant et du coup j'ai complètement zappé le fait qu'un être clairement doué de sensibilité a failli mourir à l'instant, pendant que j'étais là, à me préoccuper de mes propres sentiments.

— Nom de Dieu, dis-je. Désolé. Vraiment. Tu vas bien ? Tu aurais besoin… de petits graviers à manger ou un truc comme ça ? J'éclate de rire.

— Je t'emmerde, répond le caillou. Ce qu'il me faut, c'est de l'eau.

Et me voilà, dans une balise aux confins du secteur 8, si près de la frontière que je pourrais aussi bien être dans le secteur 9, en train d'ouvrir le robinet de mon récupérateur d'humidité pour remplir d'eau un gobelet en plastique avec lequel j'asperge ensuite un caillou dans un coffret en bois éventré.

— Pas sur la tête, bordel ! lance le caillou.

Je m'excuse sans pouvoir m'empêcher de rire. Il parle avec ce qui ressemble vaguement à un accent anglais qui rend la moindre de ses paroles plus drôle que ça ne l'est en réalité.

— Pardon.

— Juste une petite flaque, mon vieux. Et fais-moi gagner du temps en me posant dedans.

J'obtempère.

Je me rends compte que je n'ai pas signalé ma trouvaille ni vérifié auprès de la Nasa la nature de ma découverte. Je m'approche du TextExp pour voir s'il y a des messages. Rien. C'est franchement curieux. Alors j'expédie un "55" vite fait à Houston, le code balise pour "Tout va comme sur des roulettes ici, au cas où vous aimeriez savoir".

— On est où ? demande le caillou.

Je me dis que je dois lui trouver un nom. Et que c'est super-cool d'avoir un autre compagnon que mon coloc en pleine panique.

— Balise 23. Secteur 8. Sur le bord extérieur du champ d'astéroïdes Iain Banks, entre la ceinture de minerai et…

— Oui, putain, c'est bon. Au milieu de nulle part, j'ai pigé. Alors, c'est quand, le prochain ramassage ?

— Le prochain quoi ?

— QUAND EST-CE QUE JE RENTRE À LA MAISON ? se met à hurler le caillou. Enfin, ça ressemble plus à un petit couinement qu'à un énorme rugissement, comme un bruit de craie sur un tableau noir.

— La, euh, prochaine navette de ravitaillement doit passer dans… trois mois, je crois ?

Le caillou me dévisage fixement.

Est-ce qu'il aurait haussé les épaules ?

Il a l'air exaspéré.

Une bulle se forme à la surface de sa petite flaque.

Je me demande si les cailloux peuvent péter.

— Il faut que je te donne un nom, dis-je.

— Je t'en foutrais !

— Je pensais…

— J'ai déjà un nom, lâche le caillou.

— … Oh, mais c'est tellement évident. Je me mets à rire. Fort. Je n'ai pas ri depuis si longtemps que tous mes stimuli émotionnels, qui n'ont connu que les sanglots, mêlent quelques larmes aux éclats de rire.

— T'as pas intérêt, commence le caillou.

— Je vais t'appeler…

— J'AI UN NOM !

— … Rocky.

Rocky me regarde fixement. C'est plutôt un regard étincelant de colère, à vrai dire. Je me remets à rire. Bon sang, ça fait du bien.

— Tu es le pire humain que j'aie jamais rencontré, reprend-il.

J'essuie les larmes qui me coulent sur les joues.

— Je me dis que quand la navette de ravitaillement va venir, je vais peut-être te garder avec moi. Ne rien dire aux blouses blanches.

— Ça s'appelle un enlèvement, espèce de singe sadique.

Ce qui me fait encore plus rire. C'est l'accent. Ça me tue.

— T'es défoncé ? demande Rocky.

Et là, c'est vraiment trop. Plié en deux dans le poste de commande, complètement à poil, je me retrouve en train de rire et de pleurer et de chercher mon souffle, affolé à l'idée de ne jamais pouvoir m'arrêter, de mourir comme ça, mourir d'un trop-plein de joie et de gaieté, pendant que les débris d'un cargo accidenté mitraillent la coque de la balise et déchirent le panneau solaire et que des passagers naviguent dans l'espace à vingt fois la vitesse de la lumière, évitant de justesse la grande barrière d'astéroïdes à la dérive, et tout ça parce que je suis là, parce que je tiens le coup, moi, le singe glabre et savant de l'espace.

11

Rocky et moi sommes installés dans la partie opérationnelle de la balise, au-delà du tunnel en apesanteur qui s'étend sur une douzaine de mètres jusqu'à la niche d'où l'EOG transmet toutes les perturbations gravitationnelles aux vaisseaux voyageant dans l'hyperespace. La tête appuyée contre le dôme de transmission, j'ai l'impression qu'une main chaude m'enveloppe le crâne, m'apaisant de la tête aux pieds.

— Parle-moi du monde d'où tu viens, dis-je à Rocky.

J'ai positionné sa boîte de façon qu'il puisse observer avec moi les étoiles et les débris de l'accident auquel il a miraculeusement survécu.

Il y a un silence. Un silence nostalgique.

— C'est beau, dit-il. Avant d'ajouter : Tu viens de la Terre, exact ?

— Ouais. J'y ai vécu jusqu'à l'âge de dix ans. Ensuite, j'ai déménagé sur Orion avec mon père. Puis Ajax, pendant quelques mois. Et après, New India. Le fils de militaire typique.

— C'est bon, c'est bon, je t'ai pas demandé de me raconter ta vie, lance Rocky. Bon alors, imagine la Terre et dis-toi que ça n'a rien à voir.

Je ris.

— Pigé.

On reste assis sans parler un long moment. On est bien là-haut. Encore mieux avec de la compagnie. Je pourrais faire quatre ans de plus. Je pourrais rempiler. Je me souviens d'avoir déjà éprouvé ça à l'armée, les jours où tout allait bien, quand on avait survécu au pire et qu'on se sentait plus ou moins invincible, profondément heureux en fait, mais d'une manière folle et malsaine. Ces jours-là, on allait voir son commandant qu'on saluait en criant de sa plus belle voix de recrue, "Engagez-moi pour une autre période, CHEF !" Et plus tard, une fois l'adrénaline retombée, quand refluait l'exaltation du survivant et que l'humeur revenait à la normale, on se disait, "Putain, qu'est-ce que je viens de faire ?"

Je ressentais ce genre de bien-être alors.

Au bout d'un moment, Rocky se met à me parler de sa planète mère. Je l'écoute en observant les étoiles et le scintillement des guirlandes d'aluminium.

— Les gens de ton peuple ont baptisé ma planète Orvo quand ils l'ont découverte. D'après le nom du médecin d'un des vaisseaux éclaireurs. Je crois qu'il était mort la semaine précédente, un truc dans le genre. Bref, tu imagines sûrement que ma planète et mon nom sonnent comme une suite incompréhensible de cliquètements et de grincements, et même si c'est carrément xénophobe, tu n'as pas tort.

Rocky fait entendre une série de cliquètements et de grincements. Je souris. La vie est vraiment chouette.

— Nous n'avons pas de lune et notre soleil se trouve très loin. Notre chaleur provient d'un noyau radioactif et il y a très peu d'activité tectonique, ce qui fait que notre planète est incroyablement calme, recouverte de quelques mètres d'eau presque partout, sauf sur les affleurements et les îles basses où se passent la plupart des trucs sympas. C'était comme ça, chez moi.

— Donc, tu n'es pas un habitué des voyages dans l'espace, j'imagine ?

— Non, connard, pas vraiment.

— Mais tu es doué de sensibilité.

— Plus malin que toi.

Je souris.

— Et ton anatomie ? Un genre de neurones ?

— Plus sophistiqués que des neurones, mais similaires. Et ouais, on est très sociables. Alors on a développé nos perceptions. Théorie de l'esprit et tout le bazar.

— C'est quoi, la théorie de l'esprit ?

Rocky marque un temps d'arrêt. Comme s'il n'était pas sûr d'avoir la patience d'enseigner quoi que ce soit à un singe de mon acabit.

— Ça signifie que je peux deviner tes pensées, répond-il.

Mon esprit s'égare déjà vers un autre sujet.

— Comment tu appelles un petit groupe de tes congénères ? dis-je.

— Répète ?

— Eh bien, un groupe de vaches, c'est un troupeau. Un groupe de cailloux, c'est quoi ? Un tas ?

— Un tas de cailloux ? répète Rocky.

Je ris.

— Va te faire foutre.

— Rocky, tu es le meilleur pote que j'aie jamais eu.

— Dans ce cas, la question est réglée. On débattait avec le professeur sur l'existence ou non de l'enfer. Je me trompais. Je reconnais. J'abandonne. Je l'ai trouvé, cet endroit pourri.

— Où as-tu appris l'anglais ? Et avec qui est-ce que tu te querellais au sujet de l'enfer et du paradis ? Ce professeur ?

— On ne se querellait pas. On *débattait*. On *discutait*. C'est ce que font les personnes civilisées. Tu devrais essayer un jour.

— D'accord.

Je me sens un peu dégrisé. Et Dieu sait pourquoi, ça m'est égal. Je me redresse, m'écarte légèrement de l'EOG.

— Parle-moi de ton propriétaire…

— Je n'appartiens à personne, réplique Rocky.

— Ouais, désolé. Je secoue la tête. De ce professeur chez qui on t'envoyait. À Oxford.

— Je suis son assistant de recherche, répond Rocky. Je viens de finir mon stage sur Delphi et je rentrais à la maison. Je travaille avec le professeur Bockman sur les sciences humaines et la conscience.

— Alors tu es biologiste ? dis-je, un peu plus abasourdi encore. Puis une déferlante d'évidences me submerge. Bien sûr que cette chose a un boulot. Cet *être*, pas cette chose. C'est dur de se débarrasser de toutes ces couches de supputations et de préjugés. Juste quand je croyais y être presque parvenu…

— Pas biologiste, répond Rocky. J'ai étudié sous la houlette du professeur Bockman pendant trois ans. C'est un philosophe.

Quelque chose fait tilt.

Quelque chose de drôle.

— Attends, dis-je.

— Ne va pas… commence Rocky.

— Tu es en train de me dire… ?

— Ah, et merde ! lâche Rocky.

— Que tu es une pierre philosophale ?

Il me faut bien une ou deux minutes pour m'arrêter de rire. Roulé en boule sur le côté, je finis par reprendre mon souffle et reste ainsi, à contempler les étoiles, apaisé et heureux pour la première fois depuis… peut-être depuis toujours. Je songe au transport de passagers qui a réussi à passer au travers sans dommage, qui s'en est tout juste sorti, à quelques secondes près probablement, grâce à mes efforts désespérés. Personne ne m'a interrogé là-dessus. Pas une seule blouse blanche ne m'a demandé ce que j'avais ressenti après, quand je me suis retrouvé épuisé et en pleurs, mais proche du ravissement, de la plus haute forme de soulagement qui puisse exister au monde, de celle qu'on éprouve quand une bombe manque sa cible et qu'on a encore tous ses doigts de main et de pied, mais en cinq mille fois plus fort.

— L'armée t'a vraiment foutu en l'air, hein ? me demande Rocky.

Je ne réponds pas. Le monde devient flou à travers les larmes.

— Je suis désolé, continue-t-il.

J'entends à sa voix qu'il est sincère et me mets à sangloter. Ça fait une éternité que je n'ai pas pleuré devant quelqu'un. Pas depuis cette fameuse séance avec un psy de l'armée, après laquelle je n'ai plus jamais voulu retourner en thérapie. Mais à présent, je pleure toutes les larmes de mon corps et ça semble ne pas vouloir s'arrêter. Rocky ne dit pas un mot, ne me juge pas, planqué dans sa boîte où je ne peux pas le voir. Je sais qu'il est plus intelligent que moi, et plus sage, et que ça n'est pas simplement l'accent mais toute cette éducation, et je sais aussi que, d'une façon ou d'une autre, il comprend que ce n'est pas ma faute si je suis perturbé. Je suis complètement sidéré qu'on puisse ne pas me tenir pour responsable de tout ce qui est arrivé. Je continue à pleurer et pleurer encore, pendant que de minuscules météorites et des morceaux de métal rebondissent sur la coque de ma balise et dégringolent telles des larmes versées dans le cosmos.

Quand je reprends enfin mes esprits, Rocky me pose une question, une question qui me plonge, abasourdi, dans un long silence pensif :

— Qu'est-ce qui t'a blessé à ce point ?

J'inspire un grand coup. Je recommencerais à pleurer si je n'avais pas épuisé mon stock de larmes.

— Je ne sais pas, dis-je.

— Je crois que si, suggère Rocky, mais tu as peur de mettre un nom dessus.

Je ris.

— On dirait mon psy.

— Ouais, ben, c'est dingue, peut-être que je commence à m'attacher un peu à toi, et peut-être que c'était aussi son cas. Je veux dire, je compte sur toi pour m'arroser, d'accord ? Et j'espère vraiment de tout cœur que tu vas parler de moi au vaisseau ravitailleur pour que je puisse rentrer à la maison. Alors je me dois d'être sympa avec toi.

— Tu as dit “je me dois”.

— C'est comme ça que tu évites le sujet ? Quel qu'il soit ?

Je me redresse et vais m'asseoir dos au hublot, observant le dôme de l'EOG et les panneaux vitrés plus petits qui délimitent le minuscule espace.

— J'étais pilote, dis-je.

Je prends une profonde inspiration en me demandant où tout ça va me mener.

— J'ai vu pas mal d'action pendant la guerre du Vide. On était… juste un tas de mecs qui mouraient au milieu de nulle part, tu vois ? Pas même un bout de caillou à revendiquer. Rien, mis à part des tracés sur une carte des étoiles. Totalement inutile. Ça n'avait de sens que quand on était bourrés, tu comprends ? Comme… quand le pont d'un vaisseau arrête de tanguer après quelques rhums, que tout s'équilibre si on trouve le bon dosage, si le monde est aussi peu stable que vous.

Rocky écoute. Écoute vraiment.

— Enfin bref, j'ai perdu mes ailes et on m'a expédié au front. Durant le Blitz. Quand on était censés mettre fin à la guerre, rentrer à la maison pour Noël, toutes ces conneries. J'en étais à ma troisième période de service actif. Lieutenant dans une unité A, ceux qu'on appelle quand personne ne répond au téléphone, et pour tout dire, j'ai gravi les échelons par défaut. Tous ceux qui se trouvaient au-dessus de moi ont fini en pièces alors je n'arrêtais pas de grimper toujours plus haut dans la hiérarchie et personne n'en avait rien à foutre de mon haleine de chacal, tant qu'on faisait plus de victimes chez ceux d'en face. Et on en faisait à la pelle.

Je revois ce dernier jour. Mon dernier jour de combat. Le jour où j'ai refusé de continuer. Et ma main se pose sur la blessure qui me barre le ventre.

— J'aurais pu en liquider une chiée ce jour-là, dis-je. C'était déjà fait, à mon avis, mais j'aurais aussi pu dézinguer une ruche, un ensemble de ruches, et inverser la tendance. Ça voulait dire sacrifier trois de nos propres sections et j'avais déjà perdu tous les hommes de mon unité, mais détruire entièrement les lieux était la bonne décision. Et pourtant, je ne l'ai pas prise. Ensuite, les choses ont tourné au mieux. Les Ryphs ont battu en retraite grâce à l'avancée de mon unité jusque dans l'essaim – et ouais, c'est mon unité qui a fait tout le boulot héroïque ce jour-là. Et parce que je suis celui qui s'est réveillé dans un hôpital, les entrailles recousues, et que je ne suis pas mort là-bas, on m'a filé une médaille. J'ai vu défiler un paquet de gens devant mon lit et je ne sais toujours pas pourquoi ils en avaient quelque chose à foutre que deux armées aient choisi de s'entretuer ce jour-là plutôt qu'un autre. Et je n'ai jamais posé la question.

Le commandant du commandant de mon commandant est venu me voir avec toutes ses étoiles dorées sur le col et m'a demandé comment je désirais finir ma carrière, à quel poste.

Je m'interromps et repense à cette journée. À ce vieil homme. À son visage rayonnant. À la fierté qu'il éprouvait devant ce soldat blessé, pur produit de son armée.

— Et tu as répondu quoi ? insiste Rocky.

— Je lui ai dit que je voulais être seul.

Je revois le sourire du vieil homme qui s'efface, les cicatrices lui barrant les lèvres qui se rejoignent, preuve qu'il ne souriait pas quand il a été blessé. Je le revois s'éloigner, après avoir répondu favorablement à ma requête.

— La Nasa est l'endroit où finissent les meilleurs d'entre les meilleurs, dis-je à Rocky. La crème des aviateurs, ceux qui n'ont pas perdu la boule, ils finissent tous à la Nasa. Ça a toujours été comme ça. Jusqu'à moi.

On reste assis sans parler un moment.

— Je trouve que tu t'en sors très bien, reprend Rocky. Tu m'as sauvé, non ?

Je me prends le visage dans les mains. Je ne dis rien mais n'en pense pas moins, je me demande qui a sauvé qui.

Ça fait du bien de parler de tout ça. Je regrette, et pas pour la première fois, d'avoir laissé tomber avec le psy. Je n'étais tout simplement pas prêt. J'avais trop peur de me regarder en face. Il était trop tôt pour me dévoiler.

— Hé, Rocky ?

Je relève la tête et fonce jusqu'à la boîte. Rocky est toujours dans sa petite flaque, qui semble de la même taille qu'au début.

— Rock ?

Il lève les yeux vers moi, se demandant sûrement ce que je vais lui dire.

Je triture un des fragments de la boîte, le tords d'avant en arrière jusqu'à ce qu'il se brise et se détache. Je le porte à mes narines et en respire les effluves, admire la verdeur du bois humide et gorgé d'eau, comme s'il arrivait directement de la forêt, lui qui si récemment encore était vivant. Il a l'odeur de mon enfance sur Terre. Une odeur de plein air. D'air vif et d'atmosphère.

Rocky ne dit plus rien. Je crois savoir pourquoi.

— C'est toi qui as fait ce trou, n'est-ce pas ? dis-je.

Il me regarde d'un air coupable.

— Tu es comme… comme une balle dans un abdomen.

Rocky détourne légèrement le regard.

— Tu as blessé cette boîte alors qu'elle était encore un peu en vie là, dehors, et qu'elle était destinée au professeur Bockman à Oxford. Elle était vide, juste une boîte, et le bois a fini par mourir en chemin quand tu l'as frappé, n'est-ce pas ?

Rocky ne répond pas.

— Je perds la boule, hein ?

J'ai l'impression qu'il acquiesce. J'ai l'impression. Je voudrais tellement qu'il dise quelque chose. Je voudrais tellement qu'il me parle. Mais ce n'est qu'un caillou.

Un caillou avec une ligne noire que j'aimerais tant prendre pour une bouche.

Un caillou avec des taches que j'aimerais tant prendre pour de petits yeux qui cillent.

Mon vieux pote l'obsessionnel plonge son regard triste en moi, comme s'il savait depuis le début, comme si c'était lui, le type sain d'esprit.

Ouais, c'est bien lui qui est normal, lui qui doit se passer vingt fois la langue au coin des lèvres d'un côté puis de l'autre avant de faire pareil en haut, pour tenir les tirs de mortier à distance. Pour qu'ils tombent plus loin dans la tranchée. Qu'ils tuent quelqu'un d'autre.

Ouais, c'est lui qui est sain d'esprit.

Et moi, je suis celui qui parle à un caillou.

Voilà le problème avec les illusions : elles se forment assez facilement mais une fois qu'elles sont brisées, on ne peut plus recoller les morceaux. Un peu comme avec les humains.

C'est déjà assez dur de déterminer si quelque chose est vivant ou non. Tellement dur parfois.

Je hume à nouveau l'éclat de bois qui sent encore vaguement le vivant, et je ne sais pourquoi, mes pensées vagabondent jusqu'à Alice Waters, dont j'étais amoureux au lycée. Je lui écrivais quand j'étais à l'armée parce que je ne savais pas à qui d'autre écrire. Je me demande ce qu'elle pensait de toutes ces lettres de dingue : avaient-elles l'odeur d'un type en vie et mort de frousse, ou respiraient-elles seulement la folie, le désespoir, le sang et la thermite. Ou bien encore, ces vieilles lettres d'amour puaient-elles tout simplement la guerre, comme moi ?

III

LA PRIME

12

On dit que les tuiles arrivent par trois, mais je ne crois pas que ce soit vrai. Je pense que les tuiles arrivent constamment. Ça n'arrête jamais. Ça n'arrêtera jamais. Simplement, c'est trop déprimant de continuer à compter, alors on recommence à zéro après la troisième. En retenant notre souffle. On attend. On espère que l'univers attendra avec nous.

Mais ensuite, un autre pépin survient, et on se dit alors, avec effroi et la mémoire courte, "D'accord, en voilà un", et on se prépare à la suite.

Il y a toujours une suite.

Je vis dans une boîte de conserve aux confins du secteur 8 et mon boulot, c'est d'empêcher que les tuiles arrivent. Mes résultats jusqu'à présent sont tout, sauf géniaux. On peut lire, *18 jours depuis notre dernier accident*, sur l'écran de veille d'un de mes moniteurs. Tous les matins, il affiche un jour de plus, alors il y a du progrès.

La plupart des vaisseaux traversent mon secteur à vingt fois la vitesse de la lumière et laissent à peine plus qu'une ondulation sur mon scanneur gravitationnel. Mais il y a presque trois semaines, des enfoirés ont piraté ma balise et un cargo à destination de

Vega a explosé en mille morceaux au beau milieu du champ d'astéroïdes juste derrière chez moi. La majeure partie de l'épave est encore là – ce que les pirates et les charognards et les amateurs de souvenirs n'ont pas embarqué.

J'imagine que si on devait compter, ce serait le premier pépin. Le deuxième étant un petit incident que je préférerais passer sous silence, mais qui concernait un caillou parlant. Bon d'accord, qui me concernait, moi, parlant à un caillou – je suis pratiquement sûr qu'il ne m'a jamais répondu. Juste au cas où, j'ai percé un trou en plein milieu du type et je l'ai pendu à mon cou au bout d'un lacet. Je ne sais pas si j'ai fait ça pour m'assurer que le caillou était vraiment mort ou pour le garder près de mes oreilles au cas où il se remettrait à parler. Je vous ai dit que je n'étais pas fier de moi.

Le troisième pépin explique pourquoi je suis couvert d'ecchymoses, de coupures et d'écorchures. Pourquoi j'ai la cheville foulée ou cassée et le bras en écharpe. Il y a deux jours, mes panneaux gravitationnels se sont mis à osciller de manière incontrôlable. Ça vous fout vraiment le monde à l'envers. Et ça vous le remet à l'endroit. Et de nouveau à l'envers. Enfin – bon, vous voyez le topo.

Maintenant, je suis dans un état lamentable et ma balise aussi. Les outils, les sachets de nourriture, les pièces de rechange se sont tous mis à ferrailler dans leurs recoins et leurs espaces de rangement avant d'en jaillir comme des démons possédés. Des centaines d'objets sont éparpillés un peu partout, parfaitement immobiles à présent, comme s'ils étaient tous épuisés après le pilonnage qu'ils m'ont fait subir. Qu'ils somnolaient. En attendant que je les remette à leur place.

J'installe d'abord des disjoncteurs pour le générateur de gravité. Je pose de gros boutons rouges au plafond de tous les modules d'habitation et tire des câbles jusqu'aux interrupteurs du module de survie. Je ne risque pas de marcher sur les boutons par accident, mais si ma boîte de conserve me fait encore le coup des montagnes russes, je peux en enfoncer un plutôt que d'essayer de descendre une échelle pendant que la gravitation me ballotte en tous sens comme une poupée de chiffon. C'est comme ça que je me suis démis l'épaule la dernière fois.

Je pourrais signaler l'incident à la Nasa avec la liste de mes blessures et ça suffirait pour qu'ils me renvoient à la maison. Le problème, c'est que je n'ai pas de maison où aller. Une partie de moi sait que je suis ici à vie. Et vu comment les choses se passent, ça ne devrait pas durer très longtemps.

Je termine le dernier branchement sur les nouveaux disjoncteurs. Même avec les grilles au sol relevées, je dois me trémousser sous certains tuyaux et conduits pour accéder au générateur de gravité. Je recouvre le raccord de ruban électrique et ris en voyant le même autour d'un de mes doigts. Quand je suis tombé à court de pansements, je me suis résolu à scotcher mes coupures. Le même matériau nous maintient en un seul morceau, ma balise et moi. Merde, la majeure partie de cet endroit a été remaniée par un aiguilleur précédent. On dirait un corps humain de trente-cinq ans, sans plus aucune cellule d'origine. Ne restent que les souvenirs – la seule foutue chose qu'on aimerait pouvoir amputer.

Marrant de voir comment ça fonctionne. Et marrant de voir avec quelle facilité on oublie les bons moments alors que les cauchemars continuent à nous hanter. Un mécanisme de survie, sans doute. On n'est pas là pour être heureux ; on est juste là pour être là. La plupart du temps, je voudrais être ailleurs – mais c'est mon sombre secret et je n'ai pas l'intention de vous en parler. Je n'ose même pas le murmurer à mon caillou.

Trois pépins. Ils arrivent comme ça, par petits paquets, pour qu'on puisse les compter. En ce moment même.

Ding dong.

Le premier s'annonce avec un bruit de carillon.

D'accord, ça n'est pas vraiment un carillon, en fait, c'est une alarme qui signale un vaisseau en approche. Mais si vous voulez mon avis, l'ancienne ressemblait trop aux sirènes d'alerte aérienne. Ce qui n'est pas si terrible une fois de temps en temps, mais avec tout le trafic qui a suivi l'accident du cargo, ça a commencé à me taper sur le système. Ce qui me tue, c'est d'attendre qu'elle se déclenche. Cette anticipation silencieuse. Corps tendu, éveillé dans le sac de couchage, yeux grands ouverts, on voit un pote qui hurle PLANQUEZ-VOUS ! avant que s'épanouisse un nuage de vapeur rouge là où se trouvait un humain. Ouais, ça n'est pas le bruit de la sirène qui perturbe. C'est de rester allongé à attendre. À l'affût du silence. En comptant.

Après avoir fait des recherches, j'ai découvert où était stocké le fichier son de l'alarme et je l'ai remplacée par un carillon. Bien entendu, je n'ai pas réussi à trouver de carillon dans les archives, alors j'ai dû l'enregistrer moimême. Et ouais, j'aurais pu concocter un carillon correct avec une clé en croix et une feuille de métal, mais j'ai eu la flemme et me suis contenté de faire *Ding dong* dans le micro. Maintenant, quand j'ai un visiteur, voilà ce que j'entends. Ça me fait marrer. Faut bien rire parfois. Se rouler sur le sol en se tenant les côtes, et rire.

Je m'extirpe vite fait de l'étroit boyau en glissant sur le dos, roulant d'une omoplate sur l'autre tout en poussant de mon pied valide.

Ding dong.

C'est moi.

Ding dong.

J'arrive.

Je m'arrache au goulet et boitille au milieu des objets éparpillés. La montée à l'échelle est laborieuse avec une seule main et une cheville foulée. Dans l'unité d'habitation, je coupe l'alarme à l'aide de l'interrupteur qui se trouve près de mon sac de couchage puis grimpe encore un étage jusqu'au poste de commande. J'entends une explosion de parasites dans la radio haute fréquence puis une voix qui lance :

— *...lise 23, ici* Sanity's Edge, *terminé.*

J'attrape le micro de ma main libre. Un élancement de douleur me transperce la cage thoracique et me fait grimacer. Je jette un coup d'œil à travers le hublot le plus proche et aperçois un vaisseau en vol stationnaire à trois ou quatre kilomètres de là, avec des lumières rouges et vertes qui clignotent au bout de chaque aile. Et de longues nacelles aux extrémités scintillantes et dorées pendues dessous. Des lasers. Pointés vers moi.

— Balise 23, dis-je. Allez-y, *Sanity*.

En vérifiant les moniteurs, je découvre qu'il est immatriculé auprès d'une société de Delphi. Delphi est une zone détaxée d'où viennent de nombreux vaisseaux privés, même s'ils n'ont jamais approché son atmosphère. Ils se contentent de faire le contrat de vente en orbite et de filer.

— *Permission de s'arrimer*, demande le pilote par radio. *Mission officielle – US marshal*.

Je regarde à nouveau à l'extérieur et ne vois aucune vedette de la police. Si ce vaisseau est privé, réellement en mission officielle et légalement armé, alors il ne peut s'agir que d'une chose : un chasseur de primes. On dirait qu'un vent d'excitation a soufflé vers ce bon vieux secteur 8. Je presse le bouton du micro.

— Les balises sont une zone neutre sous contrôle de la Nasa, dis-je au capitaine en guise de rappel. Selon le règlement international, aucune arme n'est autorisée dans une balise et aucun vaisseau militaire ou de sécurité privée n'est autorisé à s'arrimer sans mandat ou permission expresse.

Ce qui est tout à fait exact. Mais pour dire la vérité, je trouve que la balise et moi-même sommes dans un état lamentable et je n'ai aucune envie de recevoir des visiteurs. Je suis en caleçon blanc de la Nasa et ça me ferait mal au cul de devoir enfiler une chemise avec une épaule démolie. Enfin, pas vraiment mal au cul, mais vous voyez ce que je veux dire.

— *Je transmets le mandat tout de suite*, siffle la radio.

Je surveille mon écran de communication. Le mandat arrive. Après une brève vérification, mon système m'indique que le document est conforme. Je ressens un pincement dans les côtes en inspirant un grand coup.

— Collier d'arrimage Charlie, dis-je.

J'allume la lampe d'autoguidage et active le collier. Puis je songe à un pieux mensonge.

— Euh… capitaine, je suis en quarantaine stricte, alors je vous prie de rester à bord. C'est moi qui vais venir.

Pause à l'autre bout.

— *Quarantaine ?* lance le pilote.

— Ça n'est plus contagieux, dis-je pour le rassurer – et j'ai l'impression de l'entendre pousser un soupir de soulagement.

S'il vérifie les livres de bord, il verra que je ne mens pas vraiment. Je suis bien en quarantaine. Mais ce que ne diront pas les dossiers, c'est qu'il s'agissait d'un virus informatique et que la victime était ma balise. C'est curieux de voir jusqu'où je peux aller pour tenir les gens à distance si l'on considère à quel point je me sens seul la plupart du temps. Je suppose que c'est là l'étrangeté de la maladie dont je souffre : je meurs d'envie d'avoir de la compagnie, quelqu'un à qui parler, mais ce n'est jamais la bonne personne qui se pointe. Et une présence importune est bien pire qu'un pitoyable silence.

Je descends trois séries d'échelles jusqu'au moyeu de verrouillage, ralenti par mon bras en écharpe. Chaque fois que je mets du poids sur la plante de mon pied gauche, ma cheville proteste, alors j'essaie de poser le talon le plus loin possible sur les barreaux, ce qui fait que je me cogne le tibia à répétition. J'ai pensé couper la gravité un moment, mais je regarde le merdier éparpillé un peu partout et l'imagine en train de flotter et de rebondir dans tous les coins. Non merci.

En fait, avec la perspective d'un arrimage, l'état déplorable de ma balise me saute cruellement aux yeux. En plus du bazar général, les panneaux d'accès aux espaces mécaniques sont ouverts et des câbles sont accrochés un peu partout à la suite de mes réparations de fortune. Ma combinaison gît en vrac au beau milieu du module d'arrimage et la trappe menant au vaisseau de secours est grande ouverte. Pendant un temps, j'ai dormi dedans avec ma combinaison mais j'ai arrêté quand les chutes de débris qui bombardaient ma balise ont cessé. En plus, je dors à nouveau très peu.

J'attends à côté du sas que le pilote ait arrimé son vaisseau. En humant l'atmosphère, j'ai la désagréable sensation, malgré les efforts herculéens des épurateurs d'air et le système d'assainissement de la Nasa parfumé au pin, que le vaisseau tout entier pue comme un dortoir d'université en plein été après une bataille d'œufs, avec deux moufettes mortes planquées sous un tas de linge sale. Je souffle dans ma main et renifle. Ce que j'avais de sens olfactif a disparu depuis des mois. Tant mieux pour moi, tant pis pour les visiteurs.

Un gros bruit sourd contre la coque m'indique que le vaisseau est arrivé et que le pilote ne mérite guère plus qu'un trois sur dix en matière de maniement du manche à balai. S'il gagne sa vie comme chasseur de primes, c'est probablement un Terrien. Une menace du genre privé avec Taser, qui se confirme dès que j'ai ouvert mon côté du sas et lui le sien. Le type en face de moi sort tout droit d'un de ces hologrammes bien réels où on voit des gens saisir vos biens ou vous ramener en prison après vous avoir extirpé de votre planque sur une lune lointaine.

Il arbore des dreadlocks. Sa longue barbe est parsemée de bouts de ficelle noués et forme de petites touffes. Il a un cigare éteint coincé entre les dents et des lunettes de soleil aux verres réfléchissants lui masquent le visage. Un bandana lui ceint le cou, un autre le biceps, et deux encore sont enroulés autour de chacun de ses genoux. Sa combinaison est garnie de poches rebondies et alors même qu'il se tient parfaitement immobile, il fait un bruit de ferraille. Il doit maintenir la gravité à 0,7 dans son vaisseau pour pouvoir supporter toutes ces conneries. Il est bardé de pistolets et une authentique cartouchière remplie de grosses douilles en cuivre et de grenades lui barre la poitrine, telle une écharpe de concours de beauté pour seigneur de guerre. J'entends ce qui ressemble vaguement à des aboiements quelque part au fin fond de son vaisseau.

— Mitch, annonce le chasseur de primes en me tendant la main dans un bruit de quincaillerie. Mitch O'Shea.

Le bras en écharpe, je lui présente maladroitement ma main gauche en la tournant de côté et mon petit doigt vient toucher son pouce. Il me regarde de haut en bas.

— Qu'est-ce qui t'est arrivé ?

Je réalise que je me tiens devant lui en caleçon, pieds nus, couvert de bleus et de ruban adhésif. Je m'en fous passablement.

— Le générateur de gravité a déconné, dis-je. Il s'est mis à osciller. Impossible de l'arrêter.

Le chasseur de primes baisse ses lunettes et me dévisage en fronçant les sourcils, presque comme s'il avait un super-pouvoir pour détecter les mensonges et qu'il sondait mon cerveau. Je lève les yeux au plafond et il accompagne mon geste. Je regarde par terre et il fait de même. On recommence.

— Ouais, dis-je. Un truc comme ça.

— Sérieux ?

Je montre mon bras en écharpe.

— T'as déjà entendu dire que ça faisait plus mal de remettre une épaule que de se la démettre ?

Il acquiesce.

— C'est n'importe quoi. Ça fait tellement de bien quand elle reprend sa place. C'est comme faire craquer ses jointures. Tu devrais essayer.

— Je te crois sur parole.

Il jette un coup d'œil à mon bras, à mon accoutrement, puis repousse ses lunettes sur son nez et sort une tablette d'un petit sac dans le dos de sa combinaison. Je comprends que les mondanités sont terminées. Passons aux choses sérieuses. Il me tend la tablette avec un mandat sur l'écran. J'étudie la photo floue d'une femme aux cheveux courts, l'air renfrogné et en colère. Suivie d'un tas d'explications en lettres minuscules sur le sort que le gouvernement veut qu'on lui réserve et la somme qu'il est prêt à payer pour ça, mais je ne peux détacher les yeux de la photo. La tablette disparaît avant que je sois prêt à la lâcher.

— Tu l'as vue ? demande O'Shea.

— Non.

— T'es sûr ? insiste-t-il.

— Affirmatif.

O'Shea baisse ses lunettes et plisse à nouveau les yeux en me regardant. J'écarquille les miens exprès, ouvre grands les volets pour qu'il puisse vraiment voir en moi. Quelque part dans son vaisseau, un animal gémit. Si ce type pouvait réellement lire dans mes pensées, il gémirait sûrement aussi.

Les lunettes remontent. Je meurs d'envie d'éclater de rire mais je me retiens. Si ça se trouve, tout son attirail provient d'un magasin de surplus et il est vraiment nouveau à ce jeu-là. Impossible à dire. Dans l'armée, les bleus passaient beaucoup de temps à noircir leur matériel au-dessus des feux de tranchées et à maculer leurs casques de boue pour s'intégrer au groupe. Les vétérans, eux, passaient leur temps à essayer d'entretenir leur équipement pour sauver leur peau. Je hume l'air, y cherchant une odeur de graisse de pistolet ou de WD-60 qui pourrait m'aider à cibler quel genre de personne j'ai en face de moi. Malheureusement, vu la nature de mes quartiers d'habitation, mon sens olfactif s'est flétri.

— D'accord, bon, je vais avoir besoin des scans de tous les vaisseaux qui sont passés ces quinze derniers jours, dit O'Shea. Plus les journaux de bord radio.

— Y a pas beaucoup d'endroits où se planquer par ici.

Mitch me regarde fixement. Du moins, je le suppose, derrière ces lunettes.

— On a de bonnes raisons de penser que cette fugitive est passée par là, dit-il. Je vais aussi devoir faire des scans moi-même, fouiller un peu, mais je t'avertis, cette personne est très dangereuse…

Ding dong, fait ma voix, en l'interrompant.

Enfin, un enregistrement de ma voix datant d'il y a deux semaines. Un autre vaisseau arrive. Je jette un coup d'œil aux échelles, redoutant les trois étages. Il y a cinquante-six barreaux à grimper jusqu'au poste de commande. Oui, j'ai compté.

— Quelqu'un a fait "ding dong" ? demande O'Shea en désignant le plafond de son cigare éteint.

Je me racle la gorge. Les balises ne sont pas conçues pour la cohabitation. J'ai l'impression que les techniciens de la Nasa viennent juste de s'en aller et maintenant je me retrouve en caleçon devant ce type qui fouine dans mon linge sale et entend les conneries que je concocte pour tuer le temps.

— Ça t'ennuie que je regarde par ta verrière ? dis-je. Juste pour voir qui c'est. Ça fait une sacrée grimpette avec une aile esquintée. Je lui montre mon bras en écharpe.

Mitch hésite. Puis s'écarte dans un bruit de ferraille.

— Ne touche à rien, dit-il. Le cockpit est par là.

Ouais, vers l'avant du vaisseau, ai-je envie de lui balancer d'un ton sarcastique. Vu le choc quand il a touché le collier d'arrimage, je suis pratiquement certain que j'ai plus d'heures de vol que ce chasseur de primes. Mais je garde ça pour moi et le suis jusqu'au poste de commande. On traverse ce qui ressemble à un enclos – des barreaux gris courent du sol au plafond. Il y a un animal dans une des cages, en train de boire dans une cuvette de WC.

— Cricket, arrête. Non. Vilaine fille.

L'animal sort la tête et la tourne pour regarder son maître, de l'eau lui dégoulinant des babines. On dirait un croisement de chien et de léopard. Mais il n'a probablement pas une once des deux. Extraterrestre, aucun doute. Il se remet à laper bruyamment.

— Criminel endurci ? dis-je en montrant la cellule du pouce.

O'Shea se met à rire.

— Cricket ? Non, je l'ai mise là uniquement pour pas qu'elle te bouffe.

Je jette un regard à l'animal par-dessus mon épaule. Il a la taille des cougars qu'on apercevait de temps à autre dans les coins paumés du Tennessee. C'est peut-être un tueur, mais j'en doute. On dirait plutôt une chiffe molle, à le voir boire dans ces toilettes et nous regarder avec cet air inexpressif.

Je suis O'Shea le long d'un couloir étroit. Par une porte ouverte, j'aperçois un dortoir où se trouve un lit défait et, juste derrière, des casiers grillagés remplis de fusils et fermés par de gros cadenas. Nous nous faufilons dans le cockpit exigu où O'Shea remonte son scanneur. Je regarde attentivement à travers le hublot et aperçois un autre vaisseau à la coque noire qui approche de la balise.

— Nom de Dieu ! s'exclame O'Shea.

— Tu peux l'identifier ? dis-je.

Le vaisseau semble vaguement militaire. Je n'aime pas ce qui a un air vaguement militaire. Et je hais ce qui l'est vraiment. Chez moi, la haine est en corrélation directe avec l'apparence, comme sur une échelle mobile.

— Pas besoin, réplique-t-il d'une voix dégoulinante de dégoût.

Il tend le bras, attrape le micro HF et enfonce le bouton de transmission, tout en décochant du regard des salves de plasma à travers la verrière.

— T'es au courant que poser un traqueur sur un vaisseau de chasseur de primes est une violation fédérale, connard ?

La radio siffle une réponse.

— *Tu crois que j'ai besoin d'un traqueur pour te suivre à la trace, espèce d'avorton crasseux, fils de truie molestée ?*

Je commence à soupçonner que ces deux-là se connaissent. J'observe le nouveau venu qui recrache de petites bouffées d'air à la façon d'un volcan en se positionnant face à nous.

— Il ne va quand même pas nous canarder ?

— Noon, Vlad est un *dégonflé*, répond O'Shea en prononçant ces derniers mots d'une voix plus forte juste devant le micro.

— Qu'est-ce qu'il voulait dire par "truie molestée" ?

— Il n'est pas très futé, réplique O'Shea en haussant les épaules. Ne t'en approche pas.

Je l'observe de la tête aux pieds en me demandant ce que ça signifie pour un type comme lui d'en traiter un autre de "pas futé". Des images de trous noirs me viennent à l'esprit.

La HF beugle à nouveau. Je règle le bruit parasite puisque Mitch a l'air de s'en foutre. Ou qu'il ne sait pas comment faire.

— *Balise 23, ici Vladimir Bostokov, mission fédérale. Je demande une procédure d'arrimage. J'ai un mandat. Terminé.*

— Qu'il aille se faire foutre, lance Mitch, du ton écœuré d'un type couvert de dettes prêt à mettre la main sur un gros magot et qui voit un autre gars le reluquer aussi.

— Je dois accepter, dis-je en lui faisant signe de me passer le micro.

— Tu pourrais faire valoir l'article 12*b*, circonstances atténuantes pour cause d'accident du travail.

D'un geste du menton, il désigne mon bras en écharpe, mes bandages et mes égratignures et la collection d'ecchymoses violettes sur tout mon corps.

— Sans blague !

Je presse le bouton du micro pour envoyer un message à ce Vlad.

— Ici aiguilleur de la balise 23. Collier de verrouillage Bravo. Je suis en quarantaine, alors veuillez rester à bord. Terminé.

— *Bien reçu*, répond Vlad.

Et à côté de moi, Mitch O'Shea fait entendre un cliquetis agacé.

13

— Écoute, je n'ai pas vraiment envie de vous voir, ni l'un ni l'autre, dans ma balise, dis-je à O'Shea pendant qu'on attend près du sas Bravo. Vous avez tous les deux des mandats pour des scans, alors vous les aurez. Ensuite, vous dégagez de là.

— Je te le répète, ce type est un connard, me prévient-il.

La lumière au-dessus du sas passe au vert, indiquant que le second chasseur de primes a un bon ancrage magnétique et que l'atmosphère de son côté est impec. Je n'ai même pas entendu la coque entrer en contact avec la balise tellement l'arrimage s'est fait en douceur. Je jette un coup d'œil à O'Shea qui fulmine et ne s'est rendu compte de rien. Vlad est peut-être un connard, ai-je envie de lui dire, mais c'est un sacrément bon pilote.

J'ouvre le sas. Une vision déconcertante s'offre à moi. Un homme en smoking se tient de l'autre côté.

— Vladimir Morrow Bostokov, dit le type en me tendant la main.

Que j'accepte avec la gauche. Avant que j'aie pu me présenter, il lance un méchant coup d'œil à son collègue.

— Mitchell, lâche-t-il avec son accent à couper au couteau.

O'Shea ne répond pas.

Vlad fouille dans sa poche de veste et en sort un imprimé qu'il déplie. Même avis de recherche.

— Ton bras ? lance-t-il, en délaissant au passage quelques mots non indispensables.

— Panneaux gravitationnels.

Il m'observe de la tête aux pieds, avec mon caleçon et mes bandages, et semble attendre autre chose.

— Des fluctuations, je rajoute. Un problème de polarité. J'ai fait une ou deux galipettes.

Vlad hausse les épaules.

— Et non, je ne l'ai jamais vue, dis-je en montrant la feuille.

— Tiens, fait Vlad en me la tendant quand même. Pour toi.

Je prends l'avis avec un peu trop d'empressement, peut-être, le plie et le coince dans l'élastique de mon caleçon.

Ding dong, fait ma voix.

— Quoi encore ?

Les deux chasseurs de primes se regardent.

— Je peux ? dis-je en désignant le vaisseau de Vlad.

Il hausse les épaules. Je passe devant lui et pénètre dans ce qui ressemble plus à un hôtel huppé qu'à un vaisseau spatial. Vastes plans de travail impeccables partout, dans le style pré-post-néo-moderne. Des photos en noir et blanc ornent les murs, essentiellement des portraits d'extraterrestres qui fixent l'appareil ou regardent de côté.

On dirait presque des clichés d'identité judiciaire, mais en plus artistiques. Sur un bar dans un coin luisent des bouteilles rutilantes de toutes formes, à moitié remplies pour la plupart d'une myriade de nuances ambrées.

Vlad me fait signe d'avancer et nous précède par-delà des portes transparentes donnant sur de petites pièces élégantes. Dans l'une d'elles, un jeune homme, les mains enchaînées par des fers, lève les yeux de la couchette sur laquelle il est assis. Je réalise qu'il s'agit de cellules. Je tuerais pour vivre dans l'une d'elles. Elles sont incroyables.

J'entends O'Shea qui nous suit dans un bruit de ferraille en maugréant de jalousie. Vlad lui ordonne de ne toucher à rien.

Je pénètre en baissant la tête dans un cockpit méticuleusement tenu qui sent le cuir. L'endroit est tellement agréable que même mon odorat en est revigoré. O'Shea et Vlad s'entassent à côté de moi et nous scrutons l'espace tous les trois.

— Je n'aime pas ça, commence O'Shea.

— Moi non plus, renchérit Vlad.

Ding dong, murmure ma voix au loin.

— Écoutez, ça n'est pas ma journée préférée, cette semaine, leur dis-je. Et hier, j'ai nettoyé les chiottes.

Il me faut un moment pour repérer le nouvel arrivant, voir ce que les chasseurs de primes voient déjà. Le troisième vaisseau est d'un noir mat. On le discerne uniquement grâce aux étoiles en arrière-plan qu'il avale et recrache en traversant les constellations. Un fanal vert et rouge faiblard brille au bout de chacune de ses ailes mais probablement en deçà du niveau légal de signalisation. Un phare blanc, dirigé vers ma balise, clignote au nez du vaisseau. Des pulsations longues et courtes.

Je repère la radio sur le tableau de bord de Vlad et m'empare du micro sans rien lui demander. Officiellement, avec leurs vaisseaux arrimés à ma balise, ils sont sous mon commandement. Mandat ou pas.

— Pas la peine, dit O'Shea en observant le nouvel arrivant, paupières plissées.

Je l'ignore et enfonce le bouton.

— Balise 23 à vaisseau entrant, veuillez annoncer vos intentions.

— Marchera pas, renchérit Vlad. Elle parle pas.

— Qui est-ce ? (Les deux chasseurs de primes semblent connaître quelque chose sur ce vaisseau.) Encore une de vos amies ?

— J'ai croisé sa route une ou deux fois, répond O'Shea, d'une voix dénuée de colère, dans laquelle je perçois peut-être même du respect.

— J'connais pas son nom mais, comparé à elle, un mec silencieux fait autant de bruit qu'un propulseur d'appoint dans l'atmosphère.

— D'accord, mais elle écoute sûrement.

J'observe les impulsions lumineuses. Mon morse est rouillé, mais grâce au contexte, je saisis ce qui concerne la mission fédérale dans son baratin.

— OK, on dirait qu'elle veut monter à bord. Vu que je n'ai que trois colliers d'arrimage et que mon vaisseau de survie ne bouge pas de là, il va falloir débarrasser le plancher, tous les deux. Je vous transmettrai tous les scans et les journaux de bord que j'ai. Pareil pour ceux qui se pointeront après.

Vlad hausse les épaules, apparemment satisfait. O'Shea fait une sale tête en me regardant. Quand on revient sur nos pas, il me tire à l'écart en me tendant quelques billets.

— Donne-moi trente minutes d'avance, murmure-t-il.

Je me retourne et l'observe.

— Je suis arrivé le premier, ajoute-t-il. Et je t'ai épargné un voyage jusqu'à ta radio.

Je prends l'argent et le glisse dans ma poche. O'Shea sourit. Dans la cellule, le garçon nous observe à travers sa longue frange noire, mais il baisse les yeux quand je lui jette un regard furieux. On regagne la balise où les deux collègues échangent de légers froncements de sourcils avant de disparaître dans leurs vaisseaux respectifs. Je referme les sas à l'aide des claviers situés près des trappes.

Une fois qu'ils se sont désarrimés et éloignés, j'observe la coque noire du troisième vaisseau qui apparaît. Impossible de voir à l'intérieur, la verrière et tous les hublots sont teintés. Le navire bouche bientôt toute la vue et le pilote s'arrime parfaitement, un neuf sur l'échelle des chocs. J'attends que la lumière passe au vert, ouvre le sas, et me retrouve en face d'un ninja.

Je dois faire une petite digression ici. Gamin, j'étais un grand fan d'*Urban Ninja Detroit*. J'ai toujours voulu être un ninja des villes. Mes parents m'avaient acheté un déguisement pour Halloween quand j'avais sept ou huit ans et j'ai continué à le porter jusqu'à ce que je ne puisse pratiquement plus enfiler les chaussures *tabi* et que le pantalon m'arrive au-dessus des mollets. Par ma faute, tout mon quartier était truffé d'impacts d'étoiles et de fléchettes. Merde, c'est probablement le sens de l'honneur exacerbé que m'a inculqué cette foutue série télé qui m'a poussé à m'engager dans l'armée au lieu d'aller à l'université. Je dois aussi avouer, j'aime raconter qu'*Urban Ninja L.A.* n'a jamais existé. Et qu'*Urban Ninja Chicago* n'était pas si mauvais. Mais je m'égare.

— Laisse-moi deviner, dis-je au ninja. Tu recherches une fugitive en particulier ?

La chasseuse de primes, vêtue de noir des pieds à la tête, capuche, grosses lunettes et tout le tremblement, acquiesce. Une grande partie de son accoutrement est un mélange de tenues réglementaires de la flotte interstellaire. J'en reconnais un bon paquet et je peux même dire de quelle décennie datent certaines d'entre elles et à quel corps d'armée elles correspondaient. Quelqu'un a fait une descente dans un magasin de surplus pendant les soldes.

— Je ne l'ai pas vue, dis-je.

La chasseuse de primes sort une petite tablette et pianote dessus. Sans doute pour me faire lire ou écouter un message. Je sens que cette personne ne *peut pas* parler, que ça n'est pas un choix de sa part.

— Tu veux les scans, dis-je.

Elle acquiesce et essuie l'écran du tranchant de la main. Recommence à taper.

— Et les journaux de bord radio.

Autre signe de tête. Et je crois pouvoir dire au mouvement des ombres sur sa joue encapuchonnée qu'elle sourit.

— Pas de problème. Je suis en quarantaine, sur ordre de la Nasa, alors tu dois rester dans ton vaisseau. Je te transmets les infos. Autre chose ?

Dieu sait pourquoi, j'ai toujours éprouvé le besoin de me plier en quatre pour ceux qui demandent *le moins* plutôt que ceux qui demandent le plus fort. Mais elle fait non de la tête.

— D'accord. Si tu veux bien t'éloigner, je vais monter chercher ce que vous me demandez, tes deux potes et toi.

En fait, je n'ai pas vraiment envie qu'elle s'en aille. Mais je suis gêné par mon état et celui de ma balise. Ma vie n'est qu'une histoire de timing lamentable.

Au lieu de regagner son vaisseau, la chasseuse de primes hésite, comme si ça n'était pas terminé.

Je lance à tout hasard :

— Tu veux une longueur d'avance, c'est ça ?

Elle hoche la tête.

Je repense à tous ces matins devant ma télé où je regardais des samouraïs sans maître escalader des tours de verre et combattre les hordes de shoguns envoyés par le diabolique clan Tao-Lin. J'ai un faible pour les femmes en noir. Probablement la vraie raison pour laquelle j'ai rejoint l'armée.

— Pas de problème, dis-je. Ma main libre descend à ma ceinture d'où dépassent les billets d'O'Shea et l'avis de recherche. Bonne chance pour la chasse.

Je ne pense pas vraiment ce que je dis. En fait, je me sens tiraillé. La chasseuse de primes disparaît et je monte lentement la première échelle. J'ai l'impression que les panneaux gravitationnels ont de nouveau foutu la pagaille et que je suis ballotté en tous sens. Parfois, on voudrait que les gentils chopent leur type. Parfois, on ne sait pas qui sont vraiment les gentils.

Une fois dans mon unité d'habitation au deuxième étage, je coupe à nouveau l'alarme de proximité. Puis j'attaque la dernière grimpette jusqu'au poste de commande en repensant à la façon dont les tuiles semblent toujours arriver par trois. Trois chasseurs de primes, qui se suivent dans un mouchoir de poche. Puis-je les comptabiliser comme trois pépins indépendants et considérer que ma journée va s'améliorer ? Je décide que oui.

— Ces connards sont partis ? lance une voix, interrompant le cours de mes pensées.

J'émerge dans le cockpit et découvre une femme assise aux commandes, dans mon fauteuil. Elle a un flingue à la main et une mine renfrognée sur le visage.

C'est la fille de l'avis de recherche.

Je ne pensais pas la revoir un jour.

14

— Bon sang, Scarlett, qu'est-ce que tu fous là ?

— Ils sont partis ?

— Oui, ils sont partis. Ils sont là-dehors, à ta recherche. Qu'est-ce que tu fous là ?

Je fais un pas en avant et sa main se crispe sur le pistolet. Elle me regarde de la tête aux pieds et esquisse un sourire narquois. Mes blessures ne semblent pas la perturber. Elle m'a vu dans un pire état que celui-ci. Et avec moins de vêtements.

— Qu'est-ce que je fais là ? Ne sois pas stupide. Je suis venue te voir.

— Pourquoi ? Comment ? Tu te rends bien compte que tu as amené avec toi la brigade des chieurs, hein ?

Je désigne les hublots de la tête. Scarlett ne me quitte pas des yeux.

— J'avais besoin d'un véhicule, répond-elle en haussant les épaules.

Et soudain, je comprends comment elle est arrivée jusque-là. Elle a dû se faufiler discrètement à bord d'un des vaisseaux avant de faire courir le faux bruit qu'elle se trouvait ici. Elle devait forcément être planquée dans l'un des deux premiers d'où elle est sortie pendant qu'on était dans le cockpit de Vlad.

Je parierais que c'est O'Shea qui l'a amenée. Le navire de Vlad était trop impeccable pour qu'on puisse y passer inaperçu.

— Chouette pistolet, dis-je, en faisant un geste de ma main libre. Je croyais qu'on était amis.

Je déteste avoir une arme braquée sur la tête. Sauf si c'est moi qui la tiens.

— Alors tu bosses pour la Nasa, reprend Scarlett, comme si ça répondait à ma question. Pourquoi ?

Je laisse échapper un soupir. Scarlett n'a jamais pu supporter aucune agence gouvernementale. Peu importe ce qu'ils font, on ne doit pas leur faire confiance.

— J'avais besoin d'un boulot, dis-je.

— Dis-moi pourquoi tu bosses pour la Nasa, insiste-t-elle.

— L'argent. La retraite. Le boulot. *Dinero*.

Elle lève son arme. Et la voix aussi.

— Pourquoi tu bosses pour la Nasa ?

Je gratte un bandage sur mon bras. On dit que les démangeaisons sont un signe de guérison. Ça fait un sacré bout de temps que je suis en voie de guérison.

— J'avais besoin d'être seul, dis-je dans un murmure.

Le pistolet tremble légèrement. J'essaie de me souvenir de la dernière fois où j'ai vu Scarlett. Dans une tranchée sur Gturn, je crois. Ou une de ses lunes. Ces tranchées avaient presque toutes la même allure.

Le canon du pistolet dévie un peu. Elle me croit. Elle devrait. Je lui ai dit la vérité. Je finis toujours par la dire.

— Maintenant, s'il te plaît, dis-moi ce que toi, tu fabriques ici. Comment tu m'as trouvé ?

Scarlett désigne un des hublots de son arme. En me retournant, je vois les débris qui étincellent dans l'espace comme un milliard de nouvelles étoiles. Et je comprends. Parfois, les tuiles arrivent vraiment par grappes, une tuile en entraînant une autre. Je pense au caillou que je n'aurais pas découvert sans l'épave. Je pense à l'épave que je suis devenu, que Scarlett n'aurait pas trouvée sans l'accident.

— La Nasa doit faire un rapport auprès de la flotte interstellaire quand survient ce genre de problème, reprend-elle. On t'a cherché longtemps. Ton nom a fini par sortir.

— Et moi, j'ai fait le maximum pour qu'on ne me retrouve pas. (Je reviens à elle.) Tu peux ranger ton flingue ? S'il te plaît ? Je ne suis pas un larbin du gouvernement.

— Si tu bosses pour leur retraite, tu es leur larbin.

Le pistolet disparaît quand même, reprend sa place dans le holster. À travers le hublot derrière elle, j'aperçois les feux clignotants d'un des vaisseaux.

— Et merde, dis-je. Je dois envoyer des trucs.

L'arme ressort aussi sec, mais je l'ignore. Scarlett n'est pas là pour me tuer. Après avoir établi la liaison avec les trois vaisseaux, je commence par envoyer les journaux de bord et les échanges radio au ninja. J'attends cinq minutes, puis fais de même avec O'Shea et enfin Vlad, vingt minutes après, en l'avertissant personnellement que j'ai eu des problèmes de bande passante. Scarlett ne cesse de m'observer. La procédure me prend plus de temps que d'habitude avec une seule main. Elle semble enfin se préoccuper de mon état physique.

— Tu t'en veux toujours, hein ?

— Ha ha, dis-je. J'ai eu des problèmes de gravitation.

Elle pousse un grognement incrédule. Je repêche l'avis de recherche dans ma ceinture et le lui tends.

— Cinquante millions, lui fais-je remarquer.

Scarlett éclate de rire et écarte la feuille d'un geste.

— J'en ai une copie. Et je vaux plus que ça. *Tu* vaux plus que ça.

— Je ne veux rien avoir à faire avec ça.

— Parce que tu crois que tu as le choix ? réplique-t-elle en riant. Et soudain, je n'arrive plus à me rappeler si je l'aimais ou si je la détestais à l'époque. C'était ma première affectation au sol. J'ai censuré une bonne partie de ces souvenirs.

Elle continue à rire en secouant la tête.

— Tu ne veux rien avoir à faire avec ça. Va le dire à tes parents. Le jour où ils ont baisé sur la banquette arrière d'une bagnole dans le Kentucky, c'est eux qui t'ont mis là. Juste là. Elle pointe le pistolet vers le sol comme si elle parlait de la balise.

Je regarde un des vaisseaux filer à toute allure vers le champ d'astéroïdes.

— Tennessee, dis-je en la reprenant.

— Peu importe.

— Ouais, eh ben moi, je pense que j'ai quand même le choix. Je suis venu ici pour m'éloigner de la guerre…

— Flash d'information, lance-t-elle en me coupant. La guerre vient à toi, mon pote. Tu es en première ligne.

— Je ne suis *pas* en première ligne.

Elle sait que je ne suis pas en première ligne. Je me fiche de ce que me disent mes rêves, de ce que signifient les tremblements, de ce que je vois et que j'entends quand je suis seul. La guerre n'est pas ici. Ça ne se peut pas. Il s'agit d'une autre guerre dans ma balise, une guerre entre moi et mes démons uniquement.

— Le moindre centimètre carré de cette galaxie est un avant-poste, insiste Scarlett. C'est juste une histoire de temps. Mais ça pourrait être autrement…

Pas ça. Je crois me souvenir à présent que je n'aimais pas trop Scarlett. À cause de ses yeux rapprochés. Qui s'imaginent percevoir quelque chose qui n'est pas là. Des yeux de conspiratrice. Elle se lève alors, traverse le module tel un chat et s'approche si près de moi que je sens son odeur de propre, petite bulle de fraîcheur dans l'obscurité humide, et tout à coup, j'ai envie de l'embrasser. J'ai envie de me raccrocher à quelque chose de beau, de le serrer contre moi en pleurant, de l'étouffer sous mon affection, pour que, peut-être, il ne m'abandonne jamais. Et me revient à l'esprit que je n'appréciais pas du tout Scarlett Mulhenry. Et que je ne la détestais pas non plus. En fait, je crois que je l'aimais.

— Pourquoi t'es là ? lui dis-je.

J'ai l'impression de devoir crier, mais ma bouche expulse un simple murmure, semblable à la voix de mes cauchemars.

— Je veux que tu mettes un terme à cette guerre, répond-elle.

Ses yeux s'écarquillent un instant.

Je vois en eux.

Et je vois qu'elle est tout ce qu'il y a de plus sérieux.

15

Je me souviens de mômes qui croyaient pouvoir faire cesser les guerres. Bon Dieu, je me souviens d'*avoir été* l'un de ces mômes. Ils ont toujours grouillé dans les quartiers, courant avec des pistolets en plastique à la main et faisant sauter la cervelle des Ryphs, jouant à tirer une ultime salve et à mettre un terme héroïque à tout ça. Quand on est jeune, toutes les batailles imaginaires ont des fins héroïques. On finit toujours par gagner. Et puis on vieillit, et on comprend que la vie se termine dans les rides et les gémissements.

Tandis que nous nous regardons, Scarlett et moi, et que ses paroles ridicules sur la fin de la guerre restent en suspens dans les airs, l'amour que j'ai un jour eu pour elle n'est pas la seule chose qui me revient à l'esprit ; me revient presque la sensation que j'éprouvais alors. Je la touche à nouveau du doigt. L'amour s'abat aussi vite que les projectiles dans les tranchées. Il tombe au hasard. Sur la personne la plus proche. Quand c'est votre tour, c'est votre tour. Quelqu'un se voit attribuer la couchette à côté de la vôtre et c'est comme si une grenade vous atterrissait sur les genoux.

Je me souviens vaguement de ce que je ressentais avant que la guerre ne m'ôte tout espoir et comment était Scarlett avant que la guerre bousille aussi ses espérances.

— Je n'ai pas de place pour tes rêves, lui dis-je. Tu n'aurais pas dû venir ici. Je ne sais pas de quelle manière on va te sortir de là mais je vais t'aider. C'est un délit majeur, mais je t'aiderai. Peut-être que le prochain navire marchand…

— Je ne pars pas d'ici sans toi, réplique-t-elle. Un ami va venir me récupérer. Nous récupérer. Quelqu'un que tu connais…

Je lui fais signe de se taire et recule d'un pas, comme si elle était vraiment une bombe à deux doigts d'exploser.

— Scarlett, je ne peux pas partir d'ici.

Puis je dis ce que je sais depuis un bout de temps mais dont je n'ai parlé à personne à la Nasa, que je n'ai même pas été capable de m'avouer à moi-même, pas tout haut.

— Je ne partirai jamais d'ici. J'ai signé pour deux ans, mais je vais rempiler. C'est comme l'armée, sauf que je tiendrai plus longtemps. C'est ma place.

Elle me regarde de haut en bas. Fronce les sourcils. Ses yeux brillent.

— Ça ne te ressemble pas, lance-t-elle.

— Si.

Je suis à deux doigts de lui avouer mon secret. Mon secret le plus obscur. Elle a toujours réussi à me faire cracher la vérité par le passé, mais jamais sans livrer bataille. Je m'empresse de changer de sujet. N'importe quelle folie vaut mieux que la mienne.

— Alors comment penses-tu pouvoir mettre un terme à cette guerre ?

Scarlett rajuste le petit sac qu'elle a sur l'épaule, en sort un livre de poche abîmé et me montre la couverture.

— Tu as lu ça ?

Il s'agit de *La Bataille de Salaman*. Un des tomes de la *Saga de la Frontière*, de T. W. Rudolf. Bien sûr que je l'ai lu. C'est de la littérature de tranchée et presque une obligation pour les fantassins. On se refilait ces romans comme des MST. J'ai dévoré toute la série jusqu'à ce que les pages ne soient plus que de la bouillie et que le dos tombe en miettes.

— Bien sûr, dis-je avec un sourire. On va dézinguer la ruche du Lord avec un démolisseur de planètes comme le caporal Charlie Sikes dans le livre 12 ?

Je parle avec enthousiasme, en scandant les mots comme un gamin de douze ans en train de planifier la prochaine étape de l'invasion du quartier planqué derrière les pétunias de Mme Wilkerson.

— Qu'est-ce que tu sais de Rudolf ? me rétorque Scarlett, visiblement pas amusée.

Je hausse mon épaule valide.

— J'ai dû lire en diagonale une ou deux quatrièmes de couverture.

Avant même qu'elle ait retourné le bouquin dépenaillé, je visualise déjà la boule à zéro de T. W., le treillis militaire qu'il porte constamment et son air renfrogné, du style j'ai-servi-dans-l'armée-alors-achète-mon-livre-j'ai-vu-le-vrai-merdier.

— Il n'existe pas, reprend Scarlett. Il est aussi fictif que ses histoires.

Je lève la main comme un écolier.

— Alors on révèle le complot et la guerre s'arrête !

— La personne qui se cache derrière T. W. Rudolf est un ancien officier du renseignement maritime, du nom de Porter Mencius. Porter était l'interprète en chef des forces armées durant l'offensive sur Orion.

— Je ne vois toujours pas…

— Il s'agit de romans écrits par des Ryphs et adaptés, voilà ce que j'essaie de te dire.

Il me faut un certain temps pour digérer l'information. Scarlett attend patiemment.

— C'est de la connerie, dis-je quand je comprends ce qu'elle insinue. Tu sous-entends que quelqu'un a traduit des romans ryphs et que c'est ça qu'on a lu ? Mais on leur en fout plein la tronche là-dedans. À la fin, je veux dire. Quand tout a l'air fichu.

Scarlett mime une espèce de combat aérien en tortillant le livre.

— Tout a été interverti, répond-elle. On prend leur place. Ils prennent la nôtre. (Le livre se lance maintenant à la poursuite de sa main.) Il a changé quelques autres détails, bien entendu. Ce qui s'est passé, c'est que Porter est tombé amoureux des histoires originales, il en pinçait même un peu pour les Ryphs, et il s'est dit que c'était de l'argent facile. Qu'est-ce qu'ils pouvaient faire de toute façon, lui foutre un procès au cul ? Ils étaient déjà occupés à essayer de tous nous exterminer. Il lui suffisait de changer les noms et d'intervertir les deux camps.

Je repense à certains de ces livres dont j'ai lu la plupart une demi-douzaine de fois. Les choses essaient de se mettre en place dans mon cerveau quand Scarlett me donne un petit coup de coude.

— Tu ne comprends pas ? C'est *nous*, les aliens.

Elle attend que l'idée fasse son chemin. Sans succès.

— Quand j'ai appris l'identité de l'auteur et l'origine de ces livres, j'ai cherché des informations sur un certain nombre de races avec qui nous sommes entrés en contact. Les Hokos, les Tryndiens, les Capricornes. Et devine quoi ? Elles possèdent toutes une longue et riche culture populaire qui traite des invasions extraterrestres. Chacune d'elles. Et tout commence à peu près au moment où chaque race a lancé quelque chose en orbite pour la première fois.

— D'accord, dis-je, comprenant enfin où elle veut en venir. Ça se défend. On est tous morts de trouille dans l'espace. C'est un endroit effrayant.

— C'est pire que ça. Tu ne vois pas ? On a peur parce qu'on sait ce qu'on va devenir. Dès l'instant où on peut sortir dans le cosmos, on s'inquiète du moindre truc qui se dirige vers nous. On est exactement ce à quoi s'attendaient les Ryphs. Et on pense la même chose d'eux.

— Mais c'est le cas. Regarde ce qui est arrivé sur Delphi.

— Et eux, ils te renvoient, regarde ce qui est arrivé sur Arcturus. Alors on répond que Delphi a eu lieu en premier. Ils répliquent que c'était pire sur Arcturus. Et c'est la peur qui mène les deux camps. Tu sais pourquoi ?

Je fais oui de la tête.

— Bien sûr. Parce que la peur permet de couvrir ses arrières. Si on se plante, on a éliminé des alliés. Oups. Mais si on a raison, on a sauvé ses fesses et celles de l'humanité.

— Non, ce n'est pas pour ça. C'est parce que la peur fait vendre. C'est parce que la guerre est un sport. Et un très bon business aussi. On s'est battus les uns contre les autres jusqu'à ce qu'on se trouve un ennemi commun.

— Nous y voilà, dis-je en claquant des doigts. Impossible d'arrêter la guerre. Alors pourquoi essayer ? Regarde-moi – j'agite le bras vers la balise. Je suis un héros parce que j'ai survécu.

— Tout à fait exact, répond Scarlett. Le problème, c'est que tu nous as laissés en plan.

Je n'ai aucune idée de ce qu'elle veut dire par là mais toute cette discussion insensée m'a donné soif. Ou je veux juste quelque chose pour occuper ma main libre. Je me dirige vers le petit évier près du salon et verse de l'eau à Scarlett avant de boire au robinet. Je lui tends aussi un sachet de nourriture. Je n'ai absolument aucun appétit mais j'en attrape un pour moi au passage. Je déchire le sachet avec les dents et le comprime pour faire sortir un peu de pâte protéinée. C'est meilleur chaud, mais l'armée m'a appris à ne pas me soucier de ça.

— Raconte-moi ce qui te reste comme souvenirs de cette dernière journée, reprend Scarlett.

Je remarque qu'elle observe le paquet de cicatrices noueuses qui dépasse sous mon bras en écharpe. Ça fait des années que je ne l'ai pas vue et que je ne lui ai pas parlé. Elle ne devrait absolument rien savoir sur cette foutue journée. Puis je me souviens qu'elle a remonté ma piste jusqu'ici en piratant les dossiers de la flotte interstellaire. Elle connaît la même histoire débile qu'eux.

— Plus que je n'aimerais, dis-je en mâchouillant la pâte que j'avale péniblement.

— Je veux que tu me racontes. Et pas ce qui se trouve dans les dossiers. Dis-moi ce qui s'est réellement passé.

Je me détourne, termine le sachet et le jette dans le recycleur. Par le hublot, j'aperçois un des vaisseaux qui traverse le champ d'astéroïdes. Puis un second. Pas de trace du ninja, ce qui me fait sourire.

— On a fait irruption dans la ruche sur Yata. Notre section était coincée. Comme la compagnie Écho. Tout le monde y est passé dans mon unité. Je me suis retrouvé à mener l'assaut. Je m'apprêtais à déclencher la bombe, à anéantir la ruche…

Je m'arrête net. Je n'ai jamais raconté la suite à personne. Pourquoi elle ?

— Que s'est-il passé ? insiste-t-elle.

J'observe le cosmos à travers le hublot.

Scarlett fait un pas vers moi. Je l'entends se frayer un chemin précautionneux parmi le ramassis d'objets éparpillés un peu partout. Elle a toujours été douée pour ça, faire le tri parmi les déchets. Quand sa main se pose sur ma bonne épaule, je tressaille comme si elle m'avait enfoncé un couteau entre les côtes.

— Je sais ce qui s'est passé, murmure-t-elle. Je veux juste que tu l'admettes.

Je fixe le sol, le regard embué de larmes. Je cligne des yeux pour dissiper ces conneries.

— Je ne l'ai pas fait, dis-je enfin. J'avais le doigt sur le bouton, mais je ne l'ai pas fait. Je n'ai pas pu le faire.

— Tu n'as pas déclenché la bombe, reprend-elle. Et avant que tu aies pu dire ouf, un Lord se tenait au-dessus de toi.

Je fais oui de la tête. Ma voix se briserait si j'essayais de parler. Je sens ma main qui tremble. Celle de Scarlett n'a pas quitté mon épaule, et me brûle.

— Et il t'a ouvert en deux, continue-t-elle.

Sa main descend le long de mes côtes meurtries et touche mon ventre. Mes cicatrices. Ça fait si longtemps qu'on ne m'a pas touché. J'avais oublié ce qu'on ressentait. Je hoche la tête.

— Et ensuite, tu l'as tué et leur armée tout entière a fui le champ de bataille et tu as sauvé la situation.

— Oui, dis-je dans un murmure.

Je mens avec aplomb, comme si les choses s'étaient vraiment déroulées de cette manière.

— Sauf que tu ne l'as pas tué, n'est-ce pas ?

Je secoue la tête. Les larmes me roulent sur les joues.

— Tu n'as rien fait du tout.

J'acquiesce. Je sens sa poitrine contre mon dos.

— Pourquoi tu n'as pas déclenché cette bombe ?

Je ne dis rien. Me concentre simplement sur sa main. Pose la mienne par-dessus et ne la bouge plus.

— Parce que tu aurais sacrifié toute la compagnie ?

— Non, fais-je dans un souffle.

— Pourquoi, alors ?

Je ne peux pas répondre.

— Dis-moi. Allez, soldat, crache le morceau. Je sais qu'on y est presque. Que tu as la vérité sur le bout de la langue.

Je ne veux pas répondre.

— Dis-moi pourquoi tu ne l'as pas fait, ordonne-t-elle.

Et ma volonté vole en éclats. Peut-être parce qu'elle me touche. Alors j'avoue.

— À cause de la ruche, dis-je enfin d'une voix à peine audible. Je n'ai pas pu le faire à cause de la ruche.

16

La radio se met à couiner. Je suis incapable de dire combien de temps on est restés là, en plein brouillard après mon aveu, son bras autour de moi, sa main sur ma chair, ma main sur la sienne. Une éternité, m'a-t-il semblé. Pas assez long.

— *Fils de truie molestée, tu me reçois ?*

— *Dégage, Vladimir !*

Je me tourne vers Scarlett, qui s'est écartée de moi avec l'intrusion de la HF.

— Deux des chasseurs de primes, dis-je.

— Sans déconner, réplique-t-elle.

— *Combien t'as chopé de bestioles ?* demande Vlad.

— *Parle anglais*, rétorque O'Shea.

— *Des prisonniers. Combien dans vaisseau ? J'ai du mal à croire que tu fais deux prisonniers comme ça, mais je vérifie les scans et je vois trois rayonnements infrarouges sur vaisseau toi et je sais que t'as pas de copains, pas de petite amie. Alors, comment avoir autant de chance, fils de porc ?*

— C'est Vladimir, dis-je. Europe de l'Est, je crois.

— Je sais qui c'est, me rétorque Scarlett.

— *Je sais pas de quoi tu parles, connard. Quels prisonniers ? Y a que moi et mon warthen, Cricket, dans ce vaisseau.*

Une pause. Mon cerveau suit le même cheminement que celui de Vlad. Trois signatures thermiques sur le vaisseau d'O'Shea à son arrivée et plus que deux à présent. De plus, j'ai l'avantage de déjà connaître la réponse. Je me tiens à côté de la réponse.

— Et merde, fait Scarlett. Tu leur as envoyé tous les scans ?

— Pas le choix.

— Ouais, mais ceux de leurs vaisseaux aussi ?

Je hausse les épaules. J'entends presque le caillou à mon cou me traiter de crétin.

— *Je suis en train de regarder les scans*, reprend O'Shea. *Ça n'a aucun sens.*

— *Bien sûr que si, espèce de progéniture de truie molestée. C'est toi qui l'as amenée ici.*

— Et merde ! fait Scarlett en plongeant la main dans son sac.

— Ouais, c'est ça, dis-je, y a qu'à leur lire un bouquin !

Je nous imagine déjà tous les deux en prison. À moins qu'elle ne déclare m'avoir obligé à agir sous la menace d'une arme. Elle ferait ça pour moi. Pas la peine qu'on se retrouve tous les deux en tôle.

Scarlett sort quelque chose de son sac.

— Je n'ai vraiment pas envie de faire ça, dit-elle, mais arrêter cette guerre vaut plus de vies qu'il n'en a jamais été perdu.

Je vois ce qu'elle a dans la main. Un détonateur à distance. Elle a déjà relevé le cran de sécurité d'une pichenette, mettant à nu le bouton argenté.

— Qu'est-ce que tu fabriques ?

Elle s'approche du hublot et scrute le champ d'astéroïdes, tendue. Cou rentré dans les épaules. Je fais un pas vers elle, tends ma bonne main.

— Désolée, dit-elle.

J'entends un léger déclic. Dehors, dans le champ de débris, un nuage orangé s'épanouit telle une fleur dans un film en accéléré.

— Qu'est-ce que tu as fait ?

Je pense à l'animal dans sa cage. Je pense à la façon dont il m'a regardé, à l'eau qui lui dégoulinait des babines. C'est bizarre de penser à cet animal avant de penser à O'Shea. Peut-être que c'est à cause de la cage. Peut-être que j'ai des affinités avec les choses sans défense.

— Vlad n'était pas un type bien, répond Scarlett. Il fait partie de la clique. Il a fait des trucs horribles à des gens tout à fait honorables.

— Vlad ? Je croyais que tu étais venue avec O'Shea ?

Scarlett traverse la pièce et observe fixement un de mes écrans.

— C'est le cas. Mais je n'avais qu'une bombe. Et j'aime plutôt bien Mitch. Je veux dire, c'est un crétin et il est aussi obtus qu'un sac de sable, mais il n'est pas mauvais.

— Et le gamin ? dis-je, en repensant au garçon qui m'avait regardé à travers sa frange. Le prisonnier de Vlad ?

Scarlett se retourne et me dévisage. Je comprends qu'elle ignorait sa présence. Elle a probablement placé la bombe sur le plafond du sas de Vlad, à l'intérieur de la trappe, pendant qu'on se trouvait dans le cockpit. C'est ce que j'aurais fait. Elle ne dit rien, ne me pose aucune question, se contente de digérer l'information en revenant aux moniteurs.

— Bon, où est l'autre vaisseau ? demande-t-elle. Mitch doit être en route. Il faut qu'on se tienne prêts.

— *Balise 23*, Sanity's Edge. *À vous.*

— Merde, dis-je. Je dois répondre.

Scarlett s'empare du micro avant moi et presse le bouton pour parler à O'Shea. Elle a déjà imaginé une histoire de piratage pour me sauver la mise.

— Tu as deux minutes pour changer de cap et filer, annonce-t-elle. Dans deux minutes, je fais exploser ton vaisseau. (Elle plisse les yeux et scrute le ciel à travers le hublot.) Et ne t'approche pas plus près, trouduc.

Je suis son regard ; le chasseur de primes se dirige vers nous.

— *Foutaises*, répond O'Shea. *Tu l'aurais déjà fait.*

— Dans ce cas, je descends l'aiguilleur.

Elle hausse un sourcil et me regarde en souriant.

— *Cinquante millions en bonne vieille monnaie sonnante et trébuchante*, réplique O'Shea, *et je le descends pour toi.*

— Enfoiré, dis-je.

Scarlett tient le micro contre elle. Et réfléchit, à l'évidence.

— On n'a que ton pistolet, dis-je. Il n'y a pas d'armes ici. Et ils sont deux, là, dehors. En plus, mon vaisseau de secours ne peut pas aller dans l'hyperespace.

— On peut les empêcher d'entrer ?

— Ils ont des mandats. Je sais comment passer en manuel pour ouvrir les sas en cas d'urgence, mais impossible de les garder fermés, pas s'ils sont en mission officielle. Je veux dire, si j'avais quelques heures pour me plonger là-dedans, je pourrais concocter un truc.

— Dans ce cas, on a un avantage sur eux, reprend-elle. On descend et on attend.

Je regarde fixement la radio. O'Shea n'a pas dit un mot depuis qu'il a proposé de me descendre. Je repense à l'animal dans son vaisseau, il a bien dit qu'il s'agissait d'un warthen ? Il pourrait probablement lâcher ce truc sur nous et attendre que cessent les cris en fumant un cigare. Je sors l'avis de recherche et le déplie. Étudie les clauses en petits caractères.

— Quinze millions juste pour te localiser, dis-je. Il n'a même pas besoin d'entrer. Il lui suffit de signaler ta présence et d'attendre la cavalerie. Tu n'aurais pas dû venir ici. À quoi tu pensais ?

Scarlett ignore ma remarque et continue :

— Je connais Mitch. Pour trente-cinq millions de plus, il entrera. On devrait descendre.

Elle se dirige vers l'échelle. Je lui ferais bien remarquer que Mitch aura sûrement besoin de quinze minutes supplémentaires pour s'arrimer, mais je vois à travers le hublot qu'il fonce vers nous. Et cinquante-six barreaux nous séparent des colliers d'arrimage. Avant de me précipiter à la suite de Scarlett, je désactive les deux colliers libres. O'Shea devrait pouvoir utiliser son droit d'accès pour passer en commande manuelle, mais il va lui falloir un moment pour comprendre qu'il doit le faire.

Scarlett est déjà au pied de la première échelle et attaque la seconde avant même que je me sois mis en branle. Je sens à peine ma cheville foulée à cause de la montée d'adrénaline, mais mon bras est toujours inutile. J'amorce la descente avec précaution. Une fois, j'ai glissé d'un barreau, me suis cogné le menton sur l'échelle et pratiquement transpercé la langue en me mordant. J'attrape une couverture et une chemise au passage dans mon unité d'habitation et les jette plus bas. Encore des barreaux. Je sens O'Shea qui se rapproche. J'entends Scarlett qui me crie de me dépêcher. Dans le module suivant, je ramasse un rouleau de ruban adhésif sur le chantier où je travaillais un peu plus tôt. C'était aujourd'hui ? J'ai l'impression que ça fait des lustres. Le temps file quand on a de la compagnie. Je balance à nouveau la couverture, la chemise et l'adhésif avant d'entamer ma dernière descente.

— Qu'est-ce que c'est que ça ? crie Scarlett en voyant dégringoler les objets.

— T'as pas fait gaffe à cette chose dans son vaisseau ? C'est pour éviter de se faire bouffer.

Une fois en bas, je ramasse la chemise et essaie de me l'entortiller autour de l'avant-bras avec les dents. Scarlett range son arme pour me venir en aide. Elle maintient le manchon en place avec l'adhésif qu'elle déchire avec les dents. C'est étrange, mais j'ai soudain envie de l'embrasser. Peut-être au cas où il nous arrive quelque chose.

— Je me disais qu'on pourrait peut-être l'emballer dans la couverture. Si j'étais O'Shea, je l'enverrais en premier. Histoire de nous foutre une trouille d'enfer.

Il y a un grand coup contre la balise. Putain ! Il est déjà là. J'entends crisser et racler tandis qu'il essaie de trouver une prise. Mais sans les électroaimants, pas moyen de s'arrimer. Il lui faut plus longtemps pour comprendre que je n'aurais cru.

— Tu prends l'arme, dit Scarlett en me mettant le pistolet de force dans la main gauche. Comme ça, j'ai les deux mains libres. En plus, tu tires mieux.

— Pas avec cette main, non.

Mais elle a déjà ramassé la couverture et se positionne près du sas Bravo, d'où semblent provenir les raclements. Je jette un coup d'œil à ma combinaison que j'aurais aimé avoir le temps d'enfiler. Je me sens nu. Comme une blessure ouverte et à vif. Puis j'entends vrombir le collier d'arrimage. O'Shea a enfin compris qu'il devait passer en commande manuelle. Et je me rends compte que je suis devenu un criminel. Sans même réfléchir aux alternatives, je suis là, prêt à descendre un chasseur de primes en mission officielle. Avec un avis de recherche coincé dans la ceinture. Tout ça pour une fille avec qui j'ai fait l'amour quelques fois seulement pendant que la guerre faisait rage autour de nous, une fille qui s'est juste retrouvée dans mon unité pour une demi-période de service, qui est à l'évidence complètement cinglée et a sans aucun doute fait un paquet de trucs illégaux, comme pirater la base de données de la flotte interstellaire et me traquer jusqu'ici. Et je fous en l'air ma vie et ma carrière pour elle ? Nom de Dieu, qu'est-ce que je suis en train de fabriquer ?

En baissant les yeux, je vois le pistolet dans ma main. Cinquante millimètres. Je pourrais passer le reste de ma vie dans une pitoyable solitude sur une île du secteur 1. Ou méditer de sombres pensées tous les jours au paradis. Il me suffit de faire pivoter le canon vers la droite et de le braquer sur une femme que j'ai jadis aimée.

Mais le canon ne bouge pas. Pas d'un pouce. Je n'y songe même pas et ce qui m'étonne le plus, c'est de ne pas y songer. Je m'étonne d'être aussi prompt à choisir le mauvais côté. C'est l'histoire de ma vie, de choisir le mauvais côté. Scarlett le sait. Elle le savait avant même d'arriver ici. C'est pour ça qu'elle est venue. Elle sait que je n'ai pas déclenché cette bombe sur Yata parce que j'étais incapable de tuer tous ces Ryphs en gestation. Comment l'a-t-elle appris ? Comment peut-elle savoir que je n'ai pas tué le Lord qui m'avait éventré ? Que fait-elle ici alors qu'elle sait que je suis un traître ? Un traître avec des médailles et un bon gros mensonge.

La lampe au-dessus du sas passe au vert. Bordel de merde, on embarque un chasseur de primes. Peut-être est-il aussi stupide qu'il en a l'air. Ou aussi mauvais tireur que pilote. La trappe intérieure coulisse. Je m'accroupis derrière l'échelle, pour avoir un minimum de protection et pouvoir reposer mon avant-bras sur un barreau afin de viser. Scarlett est ramassée sur elle-même tel un ressort près de la porte. Dès que celle-ci s'ouvre, j'aperçois l'animal. Impossible de tirer. Je crie VAS-Y ! et la couverture tournoie devant la bête qui se met à japper comme une furie en se retrouvant empêtrée dedans. Scarlett me hurle de tirer puis quelque chose bondit dans la pièce, il y a un éclair aveuglant et un grondement assourdissant.

Je perds l'équilibre, chancelle en arrière sous le coup de l'explosion en me protégeant les yeux, mais c'est trop tard. Je ne vois plus rien. Je tire vers ce que j'espère être la porte et le pistolet se cabre dans ma main. J'entends un projectile grésiller contre le métal. Raté. Le monde vire au brouillard rouge parsemé de taches noires. Une forme se matérialise devant moi. Quelqu'un m'empoigne, écarte le pistolet. C'est fini.

— Couche-toi, ordonne Scarlett. Elle est à côté de moi. C'est elle qui tient le pistolet. Ma vision s'éclaircit et j'entends une détonation – un projectile s'écrase sur l'échelle près de ma main, je sens le métal vibrer contre ma paume. Je plonge sur le côté quand une autre balle frappe tout près. Je crois que Scarlett et O'Shea sont en train de se canarder. Vu les cris assourdis de l'animal, il doit encore être pris au piège. Quand j'y vois enfin clair, j'aperçois Scarlett qui tient son bras carbonisé et fumant, Mitch, à couvert dans le sas en train de lui tirer dessus, et l'animal qui se libère en rejetant la couverture, ramassé sur lui-même, prêt à bondir.

— Cinquante mille mort ou vif, beugle O'Shea. À toi de voir.

Il m'aperçoit et plisse les yeux. Il sait. Sait que je suis du mauvais côté. Je vois déjà les gros titres : *Un héros trahit la fédération en soutenant une terroriste connue*. Mitch braque son arme sur moi et le warthen se déplie en grondant et bondit vers Scarlett.

Je ne sais pas ce qui me pousse à faire ça, quelle partie de mon subconscient me hurle de sauter, mais c'est une partie qui sait que Mitch O'Shea n'est pas un bon pilote, qu'il ne s'aventure probablement jamais en apesanteur et qu'il a l'estomac fragile. Je n'ai qu'une bonne cheville et un bras libre, mais ça suffit. Je m'élance. Le projectile rate sa cible. J'enfonce le disjoncteur scotché au plafond. Les panneaux au sol se referment. La pesanteur s'évanouit brutalement.

O'Shea fait une brusque embardée, ses organes tressautent en lui, il est pris de haut-le-cœur. Le warthen ricoche sur Scarlett et ils rebondissent ensemble. Les hurlements de l'animal virent au gémissement dérouté. O'Shea, tête en bas, fait des tonneaux dans le sas. J'ai peur qu'il n'arrive jusqu'à son vaisseau, où les panneaux gravitationnels sont encore en marche. J'empoigne l'échelle après un rebond, prends appui sur un des barreaux et replie les jambes. J'ai fait ça des milliers de fois dans le tunnel qui mène à l'EOG, en ayant à peine besoin de corriger ma trajectoire contre le mur. Je n'ai peut-être pas de pistolet mais je suis une vraie balle. Je pousse sur mes deux jambes et décolle à une vitesse impressionnante. O'Shea me voit. Essaie de faire pivoter son arme mais ne réussit qu'à valser de l'autre côté. Un projectile fend l'air en sifflant. Je percute violemment le chasseur de primes, lui coupant le souffle. Mais je nous expédie par la même occasion vers son vaisseau, et la pesanteur.

Mitch est aspiré le premier vers le pont, sur lequel il atterrit dans un bruit de ferraille. Tout ce matos. Je retombe sur mon épaule et la sens se déboîter à nouveau. Le monde blanchit un instant, je vois des étoiles qui se transforment en zébrures lumineuses. Quelque chose dégringole sur le pont. Quelque chose de rond. O'Shea pointe son arme dans ma direction.

Je roule sur moi-même, le plus loin possible de la grenade égarée. Il y a une explosion, un éclair de chaleur sur mon visage et, durant une seconde, je crois avoir été touché. Mais en regardant vers O'Shea, je vois qu'il est en pièces. Tué par sa propre grenade qui s'est détachée dans la chute. Son cadavre me rappelle de si nombreux amis. Ce regard sans vie, déconcerté, qui fixe le lointain. Ils se ressemblent tous. Comme s'il n'y avait rien à voir ici.

17

Une fois repassé le sas, j'enlace l'apesanteur à bras-le-corps. Je ne peux imaginer ce que Mitch a ressenti quand la gravité a cessé. Même en y étant habitué, en l'expérimentant une douzaine de fois par jour, chaque fois que je me rends à l'EOG pour recevoir ma dose d'excitant, j'éprouve la sensation étrange que chaque nerf de mon corps est aspiré dans une descente vers le bas jusque… rien. C'est comme atteindre le sommet d'une colline dans une voiture lancée à fond. Ou piquer du nez dans l'atmosphère. Le vertige est intense quand on n'y est pas habitué. Pauvre Mitch O'Shea, ça a causé sa perte.

Le warthen se contorsionne et hurle dans la zone zéro-G. Scarlett est arc-boutée dans un coin de la pièce, quelques centimètres au-dessus du sol et le tient en joue. Je hurle.

— Attends !

La couverture plane au-dessus du pont. Je l'attrape en allant vers l'échelle. Toutes sortes d'objets flottent dans le sas. Ma combinaison. Des outils. Le rouleau de ruban adhésif. J'envoie la couverture vers Scarlett, on dirait un fantôme. Elle la cueille au vol.

— Il suffit de lui faire repasser le sas, dis-je.

Elle acquiesce. Sait que j'ai besoin de ça. Me connaît suffisamment. Elle rengaine son arme. Je me hisse à l'échelle de ma main libre. La douleur dans mon épaule et ma cheville est diffuse, assourdie, comme les bruits que je perçois après l'explosion de la grenade à fragmentation et le souffle qui s'est ensuivi. Le félin gémit. Ne paraît plus si féroce à présent. Scarlett écarte les pans de la couverture, se propulse en direction de l'animal et s'arrange pour l'attraper par-derrière. Je me lance à mon tour, enfonce le disjoncteur au plafond et me prépare à la chute. Les outils touchent le pont dans un tintamarre immédiatement suivi du bruit sourd de nos corps qui atterrissent. Si ma cheville n'était pas encore cassée, j'ai l'impression qu'elle l'est à présent.

On dirait que Scarlett est retombée sur l'animal, qui ne bouge plus. Ou à peine. Elle le traîne jusqu'au sas emballé comme un paquet de linge sale, bataille pour le faire passer de l'autre côté. Je boitille jusqu'à la trappe et la referme. Avant qu'elle coulisse, j'aperçois le warthen qui s'est libéré et file dans le vaisseau. Il a perdu toute combativité. Ou peut-être que, sans maître à qui obéir, il n'a plus d'objectif. Quoi qu'il en soit, il est piégé à bord du navire jusqu'à ce que je décide quoi faire.

Je m'affale contre le mur, épuisé. Scarlett essaie de m'attraper. Mon épaule hurle. Mon pied ne supporte plus aucun poids. Ses mains sont sur moi, son visage si proche, ses lèvres si familières. Mon esprit galope encore, abasourdi. Elle commence à dire quelque chose, commence à me remercier, à me dire qu'elle m'aime, qu'on peut mettre fin à toutes les guerres, vivre, avoir des enfants, s'installer dans le secteur 1, être des héros ensemble…

Quand ses yeux s'écarquillent de douleur. J'entrevois son âme par ces fenêtres, je vois que c'est quelqu'un de bien, au plus profond, juste au moment où la vie l'abandonne. Juste avant que son corps s'affaisse contre le mien, inanimé.

La chasseuse de primes s'encadre dans l'ouverture du sas Charlie. Elle tient un silencieux à la main et le braque sur moi. Qui tient dans mes bras le cadavre d'une femme que j'ai aimée. Je suis le prochain. Je le sais, aussi sûr que la gravité existe sur Terre.

Elle s'arrête à un pas de moi. Je suis à moitié coincé sous le poids de Scarlett et à moitié immobilisé par mes blessures. Je ne peux pas bouger. Je ne peux même pas résister. J'attends de mourir depuis si longtemps que j'accueille le concept, l'idée de ne plus exister, à bras ouverts. Je le veux. Je sens mon être tout entier s'ouvrir au cosmos, je veux qu'il se déverse en moi, que le vide m'emplisse, qu'il me réduise à nouveau aux atomes dont je suis fait, je veux être les guirlandes lumineuses et les débris de ce cargo éparpillés dans l'espace, sans conscience ni sensibilité.

La chasseuse de primes sort le pistolet de Scarlett de son étui et l'envoie valser à travers le module. Puis elle l'empoigne par le col et l'écarte de moi. La femme en noir est atrocement costaude. Elle garde le pistolet braqué sur ma tête tout en traînant Scarlett jusque dans le sas.

La porte se referme.

Je ne l'ai jamais entendue arriver. Je l'entends à peine repartir. La lampe passe du vert au rouge au-dessus de la porte. Scarlett a disparu et je n'ai pas été arrêté, ni tué, et je suis fou de rage. Déprimé et fou de rage et empli de détermination. La *détermination*. L'élément manquant. L'énergie pour le faire. Pour le faire enfin. Avec tout près, un animal qui ne demande qu'à me tuer. Pour que mes mains de trouillard ne refusent pas une fois de plus de presser la détente.

Je me remets debout en chancelant. Je dois agir avant de changer d'avis. Prendre mon noir secret à bras-le-corps, ce désir d'en finir, indicible, sous peine de se faire enfermer. Je rouvre le sas qui mène au vaisseau d'O'Shea.

— Viens me chercher ! me mets-je à hurler.

Les restes du maître de l'animal se trouvent à dix pas de moi. Je traverse le sas en titubant, pénètre dans le vaisseau, avec l'espoir de me faire bouffer. Le warthen apparaît et je me prépare mentalement à un monde d'intense souffrance, de griffes et de dents, de pitié incandescente, mais il se contente de me frôler. J'ouvre les yeux – je ne m'étais pas rendu compte que je les avais fermés – et vois en me retournant une queue filer à toute allure. Je regagne le module d'un pas mal assuré, déconcerté. Le warthen tient un sachet de nourriture dans sa gueule. Il se dirige vers ma combinaison, à nouveau en tas sur le sol, tourne deux fois sur lui-même avant de s'allonger dessus en mâchonnant son sachet, faisant gicler de la pâte protéinée un peu partout.

Je perçois tout cela de loin tant je suis focalisé sur mon obscur secret. Ma nouvelle détermination. Je gagne l'autre sas en claudiquant, celui par lequel

Scarlett a disparu. J'ouvre la trappe extérieure, entre dedans et referme derrière moi. J'ai l'impression de pouvoir sentir son odeur dans cet espace confiné. Elle vient juste de le traverser. Était encore en vie il y a peu. Et maintenant morte et disparue. Ses espoirs ont été effacés de l'univers.

Je voulais lui confier mon noir secret. J'en étais si près. Un peu plus de temps ensemble et j'aurais avoué. Je lui aurais raconté que je viens là tous les soirs avant d'aller me coucher, dans l'un de ces sas, que je referme la porte derrière moi et pense au vide de l'autre côté.

Chaque soir, je fais cela.

Sans faute.

Il existe un code d'urgence en commande manuelle qui permet d'ouvrir cette porte même s'il n'y a aucune atmosphère de l'autre côté. Pour les sorties dans l'espace. On est censés en effectuer une par semaine. Je ne l'ai jamais fait. Je viens toujours ici sans ma combinaison. Pour respirer une dernière fois. Pour mettre fin au cauchemar.

Appuyé contre le mur, je compose les trois premiers chiffres du code.

Mon doigt hésite au-dessus du quatrième.

J'ai fait ça tous les jours depuis que je suis ici. Absolument tous les jours. Mais cette fois, je veux vraiment en finir. Je ne peux plus continuer comme ça.

Trois chiffres sur le petit écran, qui attendent.

J'effleure le quatrième.

Je l'effleure mais je ne l'enfonce pas.

Je ne peux jamais l'enfoncer.

Je me laisse tomber sur le sol, en sanglots et brisé, et je serre mes genoux contre moi.

Les pépins arrivent par trois – mais ensuite, ils cessent.

Et recommencent de plus belle.

IV

DE LA COMPAGNIE

18

Des milliards d'étoiles dans le ciel nocturne – et l'une d'elles me fait de l'œil.

Sauf que cette lumière qui brille par intermittence n'est pas une étoile. Distante d'environ cent kilomètres, elle provient de ce qui ressemble à une autre balise, identique à la mienne, qui a fait son apparition il y a un mois, quand un remorqueur spatial sorti de l'hyperespace l'a déposée là. Je n'étais pas certain qu'elle reste – parfois les vaisseaux de commerce se servent de mon petit coin d'espace paumé comme d'une gare d'étape. Mais ce matin, la balise s'est mise en route. On dirait que j'ai un voisin.

J'ai contacté la Nasa, mais tout ce qu'ils répondent, c'est que l'accident de cargo d'il y a quelques mois a mis en évidence la nécessité d'avoir des doublons. Ça me rappelle un carrefour dans ma ville d'origine du Tennessee, qui s'en sortait parfaitement avec ses panneaux stop jusqu'à ce qu'un camion transportant des poulets entre en collision avec un jeune couple. Notre premier feu rouge est apparu quelques semaines plus tard. Il clignotait orange toute la nuit, eu égard à la tranquillité du voisinage, et les adultes débattaient sur un ton grave de la signification de cette intrusion non désirée.

À une centaine de kilomètres de là, une lumière me fait de l'œil. Je sais ce que ça signifie. C'est un rappel glaçant de mon échec. Des débris qui dérivent dans l'espace et des vies perdues. Si les panneaux stop pouvaient ressentir de la honte, j'imagine que celui de ma ville a dû éprouver quelque chose dans ce goût-là, planté dans le froid glacial, à regarder horrifié ce jeune couple agoniser au milieu des plumes, des cadavres de poulets éparpillés et des cris rauques. Jusqu'à ce que, des semaines plus tard, un type en veste orange vienne l'arracher pour accrocher à sa place la grande nouveauté.

Mon warthen se blottit contre moi, probablement à cause de ces pensées empreintes de culpabilité. Elle s'appelle Cricket. Elle ressemble à un croisement de labrador et de léopard et possède un tempérament aussi incontrôlable que ces deux opposés. Fut un temps, elle voulait me tuer mais maintenant elle me suit partout comme un petit chiot. Je suis pratiquement sûr que les warthens ressentent de l'empathie, qu'ils perçoivent les humeurs et même certaines pensées. Quand le chasseur de primes est mort, elle ne m'a plus lâché. Ce qui n'est probablement pas terrible, vu mes idées noires.

J'adorerais en savoir plus sur ces créatures mais il y a très peu d'informations dans les archives et je me vois mal envoyer une demande de renseignements à Houston. Voilà ce que pourrait donner le genre de conversation :

OPÉRATEUR – Monsieur, vous pourriez venir une minute ? J'ai… eh bien, disons qu'il s'agit d'une requête inhabituelle provenant de la 23.

CHEF DES OPÉRATIONS – Faites voir. Hum. Il veut des infos sur les warthens, hein ? Eh, ça ne serait pas le gars au caillou qui parle ?

O – Oui, m'sieu. Celui-là même. Il y a aussi un problème qui n'a rien à voir avec ça dans sa balise. Enfin, je suis certain que les deux choses n'ont absolument aucun rapport, rien du tout, mais sa consommation de CO_2 a doublé et notre gars descend ses rations de nourriture deux fois plus vite que d'habitude.

CO – Et maintenant, il cherche un guide de soins pour ces énormes quadrupèdes extraterrestres habituellement au service des chasseurs de primes ?

O – C'est ça, m'sieu.

CO – Ce type n'a pas eu un accrochage avec certains d'entre eux récemment ?

O – Je crois que oui, monsieur. Sa relève n'a pas été de tout repos.

CO – Le problème du CO_2 et des rations n'aurait pas démarré au même moment que cette affaire, par hasard ?

O – À vrai dire, monsieur, maintenant que vous le mentionnez, je crois effectivement que les deux problèmes ont commencé dans ces eaux-là. Le même jour, en fait.

CO – Je vois.

O – …

CO – …

O – …

CO – … Ouais, pas d’instructions non plus. Envoyez-lui ce qu’il veut.

Bon d’accord, là, je prends un peu mes désirs pour des réalités. Et ouais, je me tiens un paquet de conversations de ce style à moi-même. Mais au moins, je ne parle plus à voix haute. Pas autant, en tout cas.

Cricket frotte son museau contre mon bras que je soulève pour qu’elle puisse nicher sa tête en dessous. Je lui montre la lumière clignotante.

— Là-bas, lui dis-je. Tu la vois ? Qu’est-ce que tu en penses ?

On regarde l’obscurité avaler la lumière, puis la recracher, puis l’avaler à nouveau. Je ne quitte pas la balise des yeux, hypnotisé. Cricket donne un coup de patte à son reflet.

Ça pose tant de questions. Y a-t-il quelqu’un là-bas ? Un autre aiguilleur ? J’ai tenté par deux fois une liaison radio, sans succès. Et la Nasa n’aime pas qu’on utilise le TextExp en dehors des urgences, alors j’ai évité de les harceler toutes les cinq secondes comme je l’aurais voulu. Et je me suis rendu dans l’EOG, pour observer cette lumière solitaire qui brille par intermittence. Je l’ai observée pendant des heures. Comment est-ce que je passais le temps avant cette intrusion dans ma routine ? Quand les étoiles étaient toutes immobiles, les heures filaient sans qu’on s’en rende compte. Mais maintenant, il y a ce métronome là-bas, qui rythme de son tic-tac le passage du jour avec une infinie lenteur.

Tic-tac qui me rappelle que je dois vérifier l’heure. 2228, heure locale. Un transport de troupes à destination du front doit bientôt passer par ici. Bourré d'armes et de soldats, hommes et femmes, prêts à s'en servir. Des rangées et des rangées de héros. Je me revois embarquer en treillis sur des navires de commerce pour regagner ma compagnie après une permission, les voyageurs qui me remerciaient en me tapant dans le dos, le plaisir que j'éprouvais à monter à bord avant les premières classes. Respect. Uniquement parce qu'ils ignoraient ce que je fabriquais là-bas. S'ils l'avaient su, ils auraient serré leurs enfants contre eux, au lieu de les envoyer me remercier.

Je me souviens aussi d'avoir croisé le regard des quelques objecteurs de conscience qui se trouvaient dans le terminal, ceux qui étaient opposés à la guerre mais avaient peur de le dire tout haut. Il n'y avait pas de haine dans leurs yeux, juste de la pitié. De l'affliction. La conviction que même si j'étais nécessaire, il n'y avait pas de quoi en être, *fier*. C'est comme ça que je nous voyais, ma compagnie et moi, à la fin de ma deuxième période de service. Le fait même qu'on existe et qu'on ait besoin de nous me rendait plus haineux que nos agissements. Personne ne devrait applaudir à ça. On devrait baisser la tête, non de reconnaissance, mais de tristesse.

Je salue le gardien de phare de la photo, mon collègue d'une époque révolue. Puis j'enfile la tête dans le long tunnel qui mène à la balise proprement dite. D'une seule traction sur le bord du toboggan, je me lance vers le bas.

Ou en travers.

Ou vers le haut.

L'orientation perd toute signification durant les quelques secondes nécessaires à atteindre la pesanteur à l'autre bout. Je me retourne dans les airs, ramène les pieds sous moi, plie les jambes, et atterris dans le poste de commande accroupi – précisément le genre de performance que les grosses têtes du labo m'ont toujours déconseillé d'effectuer. Ce qui m'a donné l'idée au départ.

Je m'écarte rapidement et Cricket atterrit pile là où je me trouvais. Elle secoue la tête en grognant. Elle déteste toujours le vertige, mais déteste encore plus se trouver loin de moi. À tel point qu'elle a appris à monter et descendre les échelles et a même trouvé moyen de se débrouiller à quatre pattes dans le toboggan en apesanteur.

Je dois admettre, l'avoir avec moi est agréable. C'est sûrement pour ça que je l'ai cachée dans l'EOG quand la flotte interstellaire est venue remorquer le vaisseau du chasseur de primes et son cadavre. Après leur départ, je l'ai retrouvée qui faisait n'importe quoi là-haut, ce qui signifie sûrement que l'EOG lui joue les mêmes tours qu'à moi. Pour ce que j'en sais, c'est pire dans son cas. Elle peut percevoir les pensées, ou les phéromones, ou *quelque chose*. Peut-être que son cerveau est simplement plus sensible. En attendant, la Nasa maintient sa quarantaine et, moi, j'héberge des extraterrestres.

Comme j'ai dit, je ne suis pas très doué pour ce boulot.

Les débris dans la ceinture d'astéroïdes en attestent.

Du coup, je me demande si la Nasa n'a pas installé cette nouvelle balise pour doubler le personnel plutôt que comme soutien logistique. Être un super-héros de guerre rend peut-être mon rapatriement difficile. Peut-être qu'ils espèrent que je vais rester dans cet avant-poste à vie, loin de tout. Peut-être que cette balise est mon fonds de pension. Ma retraite forcée. L'endroit où ils mettent les héros qui n'ont plus rien à offrir.

Cricket gronde à cause de mes pensées et je m'oblige à repousser ces idées noires. C'est le côté positif de la présence d'un warthen. C'est pour ça que j'ai abandonné le projet de sauter dans le vide sans casque. La dernière fois que je me suis assis devant la porte du sas et que j'ai tapé les trois premiers chiffres du code d'ouverture manuelle, c'est le jour où j'ai adopté cette étrange créature. Par la suite, quand l'idée m'a simplement effleuré de descendre là-bas, Cricket a réagi comme si elle allait me mettre en pièces. Elle s'est mise à tourner autour de l'échelle en sifflant et en grondant, en faisant mine de se jeter sur moi si je l'approchais. C'est peut-être ça, le remède idéal à la dépression : un pistolet capable de lire dans vos pensées et constamment braqué sur votre tête. Un bon entraînement pour refouler ces noirs désirs.

Évidemment, refouler la merde ne règle pas ce qui vous blesse au plus profond. Mais j'ai abandonné l'idée que quoi que ce soit puisse me guérir de mes maux.

Je vérifie les scanneurs et les affichages du tableau de bord, puis jette un nouveau coup d'œil à l'horloge. Le transport de troupes arrive. J'attends, au garde-à-vous. Mon ancienne compagnie se trouve dans ce vaisseau, certains des frères d'armes avec qui j'ai versé mon sang, les rares qui sont encore en vie, encore dans l'armée, encore entiers. Dès que je vois la faible ondulation apparaître sur le scanneur de gravitation, je les salue. Ceux que j'ai laissés tomber. Ceux que j'ai trahis. Et tous ceux qui ne peuvent plus être dans ce vaisseau.

J'ai avoué à Scarlett la vérité sur mon héroïsme, juste avant qu'elle meure. Je lui ai dit que j'aurais pu exterminer une ruche de salopards extraterrestres simplement en enfonçant un bouton. J'aurais pu en exterminer des milliards. L'explosion nous aurait détruits, deux compagnies de fantassins et moi par la même occasion, mais des compagnies entières ont été anéanties pour bien moins que ça. J'aurais pu inverser la tendance dans le secteur 6. Huit planètes sont tombées depuis et la guerre gagne du terrain dans le secteur 7 et arrive vers nous à présent. Les Ryphs sont à l'offensive.

Mais durant une journée, on les a vus battre en retraite. Le jour où j'ai gagné ma médaille. Le jour où je n'ai rien fait. Rien fait d'autre que me dégonfler alors que j'aurais pu tuer tous ces monstres en gestation. Il m'a juste semblé, sur le moment, que la ruche était remplie de petits salopards qui n'avaient encore rien fait de mal.

Je ne suis pas très bon, je suppose, quand il s'agit d'avoir une vision globale. J'arrive à peine à maintenir en état cette petite boîte de conserve qui me tient lieu d'univers. Je ne suis rien d'autre qu'un soldat foutu, originaire d'une petite ville dans le trou du cul d'une vieille planète, et qui s'est débrouillé pour devenir aiguilleur de l'espace.

Et pas des plus doués avec ça.

19

Cricket gémit en tournant en rond et je crois tout d'abord que c'est parce que je suis dur avec moi-même. Mais je ne l'ai jamais vraiment vue agir de cette manière. Elle ne cesse de jeter des coups d'œil à l'un des hublots en tournant. Peut-être ressent-elle le transport de troupes qui passe près de nous, rempli à ras bords de pensées négatives.

Au début, je ne remarque rien. Mais quand les longs éclairs arrivent, je réalise que la balise n'est plus tant en train de clignoter que de palpiter. Point-point-point. Trait-trait-trait. Point-point-point.

SOS.

Cricket miaule.

— Je vois, lui dis-je.

Je m'empare de la HF et active le micro.

— Aiguilleur inconnu, ici balise 23, est-ce que tout va bien chez vous ? Terminé.

J'attends. Le TextExp affiche encore le dernier message de la Nasa. Je tape : *SOS, voisin*, puis enfonce la touche “Envoyer” “Confirmer” et “Oui, je suis sûr bon sang”.

J'attends.

Je surveille la lumière.

Deux ou trois secondes s'écoulent.

Je pourrais arpenter la balise en tournant en rond moi aussi et attendre que la Nasa me donne l'ordre d'aller voir, mais on n'a pas besoin d'ordres quand on reçoit un appel de détresse dans l'espace. J'ai servi dans la flotte interstellaire avant d'être muté sur Terre. Si quelqu'un crie à l'aide, on l'aide. Aucun de nous ne pourrait survivre ici sans un fonctionnement comme celui-ci.

Alors le temps que mon opérateur voie mon message à Houston, qu'il pose son café et essuie sa moustache ridicule, mes pieds touchent déjà le pont de l'unité d'habitation, un étage au-dessous et mes paumes me brûlent à cause de la glissade accélérée. Encore une échelle et je suis dans le module de survie, une autre, et j'arrive aux colliers d'amarrage. Je décroche au passage ma combinaison et mon casque et m'engouffre dans le vaisseau de secours. Avant que j'aie pu verrouiller la trappe, Cricket descend d'un bond et atterrit sur la grille comme un gros chat.

— Tu restes là, dis-je en l'arrêtant d'une main. Pas bouger.

Cricket penche la tête et se met à pleurer. Elle fait un pas dans ma direction.

— Non, dis-je encore. Tu restes là.

Normalement, elle fait ce que je demande ou ce sur quoi je me concentre assez pour qu'elle comprenne. Mais il y a une chose qu'elle semble toujours faire passer en premier : le besoin de me suivre. Je n'ai pas le temps de lui donner un nouvel ordre ou de refermer qu'elle franchit à toute allure la porte du sas encore ouverte, m'effleure la jambe en me faisant presque tomber au passage. Une fois le sas sécurisé, je rejoins le cockpit et la retrouve assise sur le siège du navigateur, scrutant le ciel à travers la verrière comme si elle attendait le départ, comme si elle avait fait ça des milliers de fois. Ou comme si, peut-être, elle connaissait déjà la suite.

J'enfile ma combinaison en me tortillant pendant que le pilote automatique nous oriente dans la bonne direction. Les gaz sont au max, autant dire pas grand-chose dans ce tas de boue. Et c'est peut-être le moment à présent de reconnaître que je n'ai pas non plus été en très grande forme récemment. Mais c'est déjà un progrès de se rendre compte qu'on devient un peu dingue. Le danger, c'est quand ça arrive sans qu'on le voie venir. Quand on *croit* être sain d'esprit, de sorte que la folie est imperceptible. Si je porte un caillou autour du cou, c'est pour ne pas oublier ma propension à perdre le contact avec la réalité. Rocky n'a pas piaillé depuis un moment. Je vais mieux, je le jure.

Je jette un coup d'œil à Cricket et une autre pensée me traverse l'esprit. Et si j'exagérais toute cette histoire de télépathie ? Si j'inventais un schéma de fonctionnement selon qu'elle se colle à moi ou pas ? C'est ça le truc vraiment marrant quand on perd un peu la boule : même les choses à l'évidence normales peuvent être sujettes à caution. Cette balise devant moi est-elle réelle ? Scarlett est-elle vraiment réapparue dans ma vie, m'a-t-elle dit que je pouvais l'aider à gagner cette guerre avant de disparaître à nouveau ? Il y a une tache à peine visible sur le pont près du collier d'arrimage Charlie, et je suis incapable de dire si c'est de la rouille ou son sang.

Je tends le bras et caresse le warthen. Pas de doute là-dessus, au moins. Elle est bien réelle. Et la balise devant moi aussi me paraît sacrément réelle. Je laisse les gaz à fond pour réduire la distance et reviens en pensée à l'époque où j'étais soldat. Je sens les turbulences dans le sillage du transport de troupes, tous ces gars et ces filles qui se dirigent vers le front pour y être déversés dans une tranchée. Je sens le recul de mon fusil quand il prend une vie. Des geysers de terre jaillissent dans les airs et nous emplissent les narines. Je sens l'odeur métallique du sang des soldats qui espèrent encore et appellent de leurs cris un médecin, j'entends ceux qui n'y croient plus et hurlent après leurs mères tandis que ceux qui ont une arme font pleurer dans l'autre camp.

Je me demande ce que Scarlett voulait dire en parlant de mettre fin à cette guerre. Des guerres comme celle-là ne s'arrêtent que lorsqu'un camp mord la poussière. Je trouve ça dingue que des gens naïfs comme Scarlett puissent exister, qu'ils puissent vivre dans cette galaxie, voir ce que nous voyons tous et s'accrocher encore à des idées insensées comme ils le font. Et pourtant, ils sont légion. Protestataires. Grévistes. Défenseurs des extraterrestres. Objecteurs de conscience. Traîtres.

Ouais, je suis un traître. Mais de la pire espèce. Je ne crois en rien, contrairement au reste d'entre eux. Je me suis simplement lassé de tout ça. Je ne pouvais plus me battre. On se bat parce qu'il le faut, pour son unité. Mais quand le dernier homme debout à côté de vous s'écroule, il n'y a même pas besoin de balle pour que les genoux lâchent : l'accablement suffit. J'ai vu les soldats les plus costauds terrassés par l'obscurité profonde. Je les ai vus se recroqueviller dans la boue et cesser de bouger. Je me souviens d'avoir espéré que ce ne soit jamais moi. Et me voilà.

Il y a un numéro sur le flanc de la balise. Je peux déchiffrer les gros chiffres carrés en m'approchant à moins de deux kilomètres : 1529.

Nom de Dieu !

Ce qui me frappe en voyant ce nombre, ce n'est pas la quantité de balises disséminées dans l'espace. Je ne fais aucun calcul en plaignant les malheureux contribuables. Je ne suis pas éperdu d'admiration devant l'immensité de cette galaxie et nos explorations toujours plus lointaines. Non, je pense à tous ceux qui vivent seuls dans l'espace, comme moi.

Beaucoup trop.

À moins d'un kilomètre de la balise, qui envoie toujours son SOS, je ne vois rien d'anormal *a priori*. Pas de fuite d'atmosphère due à un impact. Pas de rayonnement orange à travers les hublots indiquant un incendie à l'intérieur. En fait, la balise est dans un état monstrueusement parfait. Pas une trace de brûlure sur la coque. Juste un bel acier inaltéré peint en blanc aux couleurs de la Nasa et parcouru de rangées de rivets bien alignés et de panneaux solaires rutilants qui fonctionnent sûrement à cent pour cent comparé aux quarante-huit pour cent de ma propre balise.

Mais ce n'est pas la mienne qui envoie le signal de détresse. Je m'approche à moins d'une centaine de mètres, saisis le manche et fais pivoter le vaisseau tout en maintenant la vitesse. C'est une manœuvre de dingue dans un rafiot comme celui-ci. Je ne sais même pas si les propulseurs latéraux sont capables de me ralentir. Je les ouvre à fond, me concentre sur le collier d'arrimage pour guider mon approche jusqu'à ce que je heurte violemment la coque et accroche l'aimant avec un trois sur dix sur l'échelle de conduite des pilotes.

Cricket grogne comme si elle me trouvait encore trop généreux.

Je me débarrasse de mon harnais, quitte mon siège et me précipite vers le sas. En ouvrant la porte intérieure, je vois la lampe rouge qui clignote au-dessus du panneau de contrôle. Il n'y a pas d'atmosphère de l'autre côté. Quelque chose ne va vraiment pas dans cette balise. Je verrouille mon casque, referme le sas du vaisseau de secours derrière moi pour tenir Cricket à distance, puis compose le code universel d'ouverture manuelle. J'ai un mauvais pressentiment quand s'ouvre la trappe. Et même à travers mon casque et les épaisses portes du sas, j'entends Cricket qui hurle frénétiquement de l'autre côté – furax que je l'ai laissée, peut-être. Ou sachant simplement que je suis un imbécile d'y aller.

20

Le module du sas est vide. Nu. Le panneau d'accès au vaisseau de secours est ouvert, alors j'en vérifie l'intérieur. S'il y avait une déperdition d'atmosphère, c'est là que n'importe quel survivant se réfugierait. Mais cette balise dégage une impression de mort. De stérilité. De vide. L'espoir de découvrir quelqu'un ici s'envole. Les feux de détresse de la Maserati voisine sont tout simplement tombés en panne. Je jette un coup d'œil au niveau de CO_2 de ma combinaison et me dirige vers l'échelle, sachant que la Nasa voudrait au moins que je coupe le signal de détresse et que j'inspecte les lieux. Le module de survie et le module mécanique se trouvent un étage plus haut. Le bruit de ferraille de mes bottes sur les barreaux me parvient assourdi par le casque.

Le module mécanique pourrait tout aussi bien être encore sous film plastique. Tout y brille. Pas de fils qui se baladent à la suite d'ajouts et de réparations bricolés au fil des ans. Pas de fuites d'huile s'écoulant des pompes par des joints usagés. Pas de peinture boursouflée ni écaillée. Pas de rouille ni aucun signe de vieillissement. On dirait une jeune recrue au crâne rasé, tenant à la main son treillis soigneusement plié, sans une seule cicatrice sur sa chair lisse. En observant la pièce autour de moi, je ne peux que penser au chagrin à venir. Je ne peux que voir les boulons sifflant comme des balles dans le cosmos autour de nous. Je n'ai qu'une envie, me jeter sur le générateur de gravitation pour lui faire un bouclier de mon corps, afin de tout protéger, afin que rien n'atteigne cette balise…

J'entends cogner quelque part au-dessus de moi. Au loin. Un coup assourdi. Comme si les débris m'avaient entendu, qu'ils tendaient la main pour frapper cette recrue nubile. Comme si notre sergent instructeur m'avait surpris en train de lui sourire. J'empoigne l'échelle qui mène aux unités d'habitation et gravit lourdement les barreaux. Tout est neuf ici aussi. J'effleure le sac de couchage. Je voudrais pouvoir ôter mon casque et sentir son odeur à la sortie d'usine, avant que des douzaines de personnes aient dormi dedans.

Un autre coup, plus proche à présent, me fait sursauter, parce que, même à travers la combinaison, je sens qu'il provient *de l'intérieur* de la balise et non de la coque. C'est alors que je remarque le sac marin dans l'office. Les effets personnels. À travers le hublot, j'entrevois la lampe extérieure, telle une bouche ouverte en *o*, qui continue à jeter ses signaux de détresse intermittents.

J'empoigne l'échelle suivante et grimpe jusqu'au module de commande. Je ne suis pas seul. Deux jambes dépassent sous le tableau de bord, gainées du survêtement blanc de la Nasa. Deux pieds nus. Dix orteils écartés vers le haut. Immobiles. Comme un corps à demi sorti de son tiroir à la morgue. La partie supérieure de la personne est cachée. J'imagine ce que ça doit être de mourir ainsi asphyxié, en suffoquant, les poumons vides et brûlants. J'y ai beaucoup pensé.

Je m'approche du corps. *Celui-là, ce n'est pas ta faute*, me dis-je. Je n'aurais pas pu arriver plus vite. Je dois le tirer à l'extérieur pour l'inspecter et déterminer la cause de la mort. Je me baisse et attrape une des chevilles. Le corps est pris de spasmes. Donne des coups de pied. J'entends un cri et un gros bruit. Les coups de pied continuent, les jambes s'agitent comme si elles faisaient de la bicyclette puis des mains agrippent le tableau de bord, un visage apparaît, mèches de cheveux folles tombant sur des yeux écarquillés et une bouche plissée de colère.

"C'est quoi ce bordel ?!" hurle quelqu'un d'une voix assourdie.

On se regarde fixement. C'est une femme. Ses lèvres bougent. Elle ne porte pas de casque, ce qui rend le mien ridicule. Je tends le bras pour lever ma visière et ressens un simple picotement de frayeur. Peut-être n'est-elle qu'une illusion, peut-être ne suis-je absolument pas dans une balise mais dans le vide glacial de l'espace, et, d'une certaine façon, je voudrais presque que ce soit vrai…

Mais je respire normalement quand je lève la visière d'un coup sec. Et j'entends la fin de sa dernière phrase :

— … d'où vous sortez, nom d'un chien ?

Elle attend une réponse. C'est facile. Celle-là, je l'ai.

— Balise 23, dis-je.

On se regarde encore. C'est embarrassant.

— Je suis… j'ai vu le signal de détresse. Vous êtes… est-ce que tout va bien ?

— J'allais bien jusqu'à ce que vous m'ayez fichu la trouille de ma vie.

Elle écarte les mèches de cheveux qui lui tombent sur la figure. C'est la plus belle chose qu'il m'ait été donné de voir. Tout au fond de moi, je sais que c'est parce que je suis resté seul trop longtemps, que la dernière personne que j'ai aimée est morte dans mes bras il y a peu, et que je suis tout simplement heureux que cette femme soit en vie, mais une autre partie de moi la trouve effectivement très belle.

— Qu'est-ce qu'il se passe ?

— Qu'est-ce qu'il se passe ? Je vais vous dire ce qui se passe ! Ces imbéciles au Texas ont construit près de deux mille tas de boue comme celui-là et ils sont toujours incapables de les envoyer dans l'espace sans qu'il y ait un tas de pépins. Est-ce qu'un de ces trucs ne pourrait pas démarrer et fonctionner du premier coup ? C'est trop demander ? Ça doit être trop demander. Passez-moi la clé anglaise.

Il y a une boîte à outils sur le pont, juste sous le tableau de bord. Je lui tends la clé et elle replonge à nouveau. Ma combinaison est lourde, encombrante. Je hausse les épaules malgré le poids. J'ai envie de quitter mon casque.

— Alors ils vous ont envoyée ici comme aiguilleur et ce truc ne fonctionne même pas ?

— Ça ne fonctionne jamais, réplique-t-elle. Pas du premier coup.

Sa voix est un peu assourdie à cause du goulot où elle travaille et de mon casque.

— Et je ne suis pas aiguilleur. (Elle me dévisage en sortant la tête de l'obscurité.) Vous trouvez que j'ai l'air d'un aiguilleur ?

Je trouve qu'elle a l'air d'une personne normale. Est-ce que ça veut dire "non" ? Est-ce que ça veut dire que moi, je n'ai pas l'air normal ? Sûrement que oui. Je décide de garder mon casque. J'ai une barbe d'une semaine et une tignasse hirsute inacceptable pour l'armée ou la Nasa.

— Je suppose que non, dis-je.

— Je suis accordeuse, reprend-elle. Je mets ces trucs en route pour que des types comme vous puissent survivre dedans. Mais dans l'immédiat, j'essaie de faire comprendre leur erreur aux détecteurs qui font croire à ce tas de boue que rien ne fonctionne. Il est complètement déboussolé.

— Une accordeuse.

C'est la première fois que j'en entends parler. Pour un piano, je veux bien, mais pour une machine conçue pour la navigation astrale et qui coûte des milliards de dollars…

Elle ressort de son trou et se redresse. Ses cheveux sont plaqués par la sueur par endroits. Rassemblés en queue de cheval, ils sont châtains, avec une nuance de roux. Et ses yeux couleur émeraude. Je reste comme un idiot, les yeux rivés sur elle. Et je crève de chaud dans ma combinaison.

— Oui, une accordeuse, répète-t-elle. Passez-moi ce boulon, vous voulez bien ?

J'arrête de la fixer et regarde ce qu'elle me montre. Je connais ces petits boulons, ils servent à maintenir les consoles de contrôle sur le panneau principal. Je lui en tends un mais seulement après y avoir ajouté une rondelle de blocage. Elle plisse les yeux, comme si elle venait de voir un singe savant faire un tour.

— Claire, dit-elle en me tendant une main maculée de graisse. Et vous, c'est quoi votre nom ?

Je ris. Les nerfs, sans doute.

— *Ce crétin*, ces temps-ci. Dans l'armée, on m'appelait juste Soldat. Mais à l'école de pilotage, on avait des surnoms.

— Et c'était quoi, le vôtre ? fait-elle en riant.

— Pas terrible.

— Dites toujours. Un autre boulon, s'il vous plaît.

J'en prépare un autre, le lui passe.

— Digger.

Son rire résonne dans la niche. Je change de place pendant qu'elle travaille.

— C'était censé être Tomb Digger, dis-je pour expliquer. C'est… vous voyez… enfin, le vrai dur à cuire, quoi. Mais mon instructeur de vol ne pouvait pas me piffer et, un jour, il m'a surpris en train de me gratter le nez et il a décrété que j'étais un fossoyeur de naseaux et que, dorénavant, on m'appellerait simplement Digger. Et ça m'est resté.

Je hausse les épaules même si elle ne regarde pas.

— Dites-moi la vérité, crie-t-elle. Vous étiez en train de vous curer le nez, non ? Pas simplement de le gratter. Passez-moi les contre-écrous.

Sa main ressort. Je pose les trois contre-écrous dedans.

— Possible, dis-je. Je ne suis pas fier de moi.

— Non, vous ne l'êtes pas. Ça se voit.

Je n'arrive pas à déterminer si c'est un compliment ou non. Ça ne donne pas vraiment l'impression d'en être un.

— Alors où avez-vous servi, soldat ?

— Partout. Orion. Humbolt. Dakka. Pour ma première période de service actif, j'étais sur Gturn.

Claire laisse entendre un sifflement.

— On ne vous a pas fait de cadeau, hein ? Toujours dans la merde.

— Jusqu'au cou.

Elle réapparaît en se tortillant et je recule pour lui laisser de l'espace. Elle porte un débardeur blanc de la Nasa. Sans soutien-gorge. Possède un corps musclé et bien entretenu. Pas vraiment l'image que je me fais d'une intello. Elle commence à travailler sur une des consoles principales et je suis le moindre de ses gestes. On dirait une réinitialisation totale mais elle reconfigure le système au fur et à mesure, avant qu'il ne puisse s'exécuter, programmant plus vite que je n'arrive à taper.

— Voyons si ça marche, marmonne-t-elle.

Les lumières s'éteignent autour de nous. Noir complet. On entend un bruit sourd au loin, du côté des énormes relais électriques, deux étages plus bas. Mes yeux accommodent petit à petit, j'aperçois des têtes d'épingles lumineuses à travers plusieurs hublots. Il y a quelque chose de sensuel à respirer dans cet espace obscur avec une autre personne. Je sens sa présence comme si j'avais un radar. Je sais qu'il y a quelqu'un d'autre dans le noir avec moi, que je ne suis pas seul. Je reste cloué sur place, j'ai peur de bouger, peur de ce que je pourrais faire.

L'éclairage revient. Claire scrute un des hublots. Je regarde aussi. Les rayons palpitants, vacillants, papillonnants, les lumières inquiètes et choquées, ont repris leur aspect de métronome régulier, de pulsation constante et confiante.

Claire me sourit.

— Beaucoup mieux, dit-elle.

J'acquiesce.

21

Cricket se jette sur moi quand j'entre dans le vaisseau de secours. Elle me plaque au sol, ses pattes massives sur ma poitrine, et gronde, gronde encore. La gueule refermée sur mon bras, elle serre comme si elle voulait me mordre. Mais elle se contente de me maintenir sur le pont, en faisant des bruits inquiétants avec sa gorge.

Je la laisse vider son sac en lui grattant le cou. Elle abandonne à contrecœur, miaule, puis me lèche le visage par la visière ouverte.

— Je sais, je sais, dis-je en lui caressant la tête, en essayant de la calmer. Je suis désolé. Tout va bien. Je suis désolé.

Les pensées jaillissent. Cricket se laisse tomber de tout son poids contre moi, comme si on allait rester allongés à la sortie du sas et piquer un somme.

— Debout ! dis-je. Il faut y aller. On ne peut pas abandonner notre poste. Tout va bien ici.

Mieux que bien. Mais je ne peux pas rester. Après avoir passé une heure à regarder Claire travailler en transpirant dans ma combinaison, avec le sentiment d'être inutile et empoté, j'ai dû prendre congé. En dépit du désir ardent de tout mon être, j'ai dû prendre congé.

Cricket et moi nous dirigeons vers notre balise à une allure moyenne. Je laisse un des écrans de la caméra arrière allumé et regarde s'éloigner la nouveauté immaculée en regagnant poussivement ma maison déglinguée. Cricket dort à côté de moi, affalée par-dessus l'accoudoir, la tête sur mon bras épinglé au siège sous le poids de son épuisement. Elle a dû s'éreinter à faire les cent pas en s'agitant pendant mon absence. Quand je dois régler les gaz, je me penche au-dessus d'elle et me sers de ma main gauche pour ne pas la réveiller. Qu'est-ce que je suis en train de faire, nom de Dieu ? D'abord j'aide et j'encourage une fugitive et maintenant j'héberge un extraterrestre. Voilà ce qui arrive quand on vous file des médailles pour enfreindre les règles : on finit par oublier que les règles s'appliquent aussi à vous.

Quand j'ouvre le sas pour entrer chez moi, je sens combien les lieux sont défraîchis. L'atmosphère impeccable de l'autre balise m'a décrassé les narines et je me rends compte que l'air dans lequel je vis est plus confiné que fétide. Les filtres à air font leur boulot de façon plus admirable que je ne le pensais. Merde, ils font leur boulot de façon plus admirable que moi.

Je me débarrasse de la combinaison et me dirige vers l'échelle. Cricket semble lire dans mes pensées et bondit la première. Elle referme ses pattes sur un barreau à mi-hauteur, saute à nouveau et s'accroche au rebord. Pattes avant arc-boutées, elle se hisse péniblement en poussant sur ses pattes arrière tandis que sa queue tourne en vrille. Chaque fois qu'elle franchit un barreau, j'ai l'impression qu'elle ne va pas y arriver mais elle réussit toujours. Je la suis en caleçon, l'air est frais sur ma peau en sueur. Cricket profite du fait que j'ai les mains occupées pour me lécher le crâne et la joue avant que je puisse l'éviter.

— Pas de léchouilles, dis-je en m'essuyant.

J'ai essayé de lui faire perdre cette habitude.

— Tu ne me lèches plus jamais, dis-je encore en la menaçant du doigt. Elle s'assied et penche la tête de côté. "Dernière fois. Plus jamais. Pas de léchouilles. Je ne plaisante pas."

Elle donne de grands coups de queue sur la grille métallique. Je lui tapote la tête. Je jurerais qu'elle peut lire dans mes pensées et pourtant, elle ne semble pas entendre un traître mot de ce que je dis.

— Elles sont juste là pour faire joli, hein ? dis-je en la grattant derrière les oreilles.

Elle me lèche la main. Je ne sais même pas pourquoi j'essaie.

Encore une échelle et je suis dans la douche. Je laisse la cabine s'embuer, l'eau se recycle en permanence. Quand elle ressemble à une salle fumeurs dans un spatioport, j'entrouvre la porte et me glisse sous le jet bouillant. La mort et la fatigue s'échappent par les pores de ma peau brûlante. J'élimine les vieilles cellules en frottant et atteins le moi tout neuf en dessous. Savon et mousse. J'attrape mon rasoir à tâtons, le passe sous le pommeau de douche avant de le faire glisser sur mon visage. De petites touffes de poils m'échappent. Je me lave les cheveux puis laisse le jet brûlant me marteler la colonne vertébrale. L'eau est tellement chaude. Je pisse dans la douche et revois Hank, de la compagnie B, qui se mettait en rogne quand on faisait ça. Une odeur d'urine dans les douches et Hank pétait un câble, traquant le filet jaunâtre dans le moindre recoin. On l'accusait de prendre ça comme prétexte pour mater nos bites.

Hank a été mon meilleur pote dans la compagnie – au cours des deux semaines où il est resté en vie avec nous dans les tranchées. Ce furent deux longues semaines.

Aucune règle ne stipule combien de temps il faut fréquenter les gens pour savoir qu'on les aime. L'armée m'a appris ça. On peut haïr au moment où on met en joue et aimer à la seconde où on baisse son arme. C'est un va-et-vient constant. Comme des panneaux gravitationnels qui oscillent. Il n'y a pas de haut ni de bas dans le cosmos, juste un tas de putains d'obliques. Juste des gens qui aiment et haïssent. Et pas de règle sur le temps que ça prend.

Je coupe l'eau qui commence à passer de bouillante à simplement brûlante. J'ai la peau cramoisie. Mon corps fume quand je sors de la cabine. Cricket est profondément assoupie sur mon lit ; elle se réveille juste assez longtemps pour me jeter un coup d'œil, s'assurer qu'elle ne rate rien, puis se rendort.

Je fouille dans mes vêtements, les renifle les uns après les autres. Ils sont tous d'une propreté mitigée. Alors seulement, je vois la lumière orangée qui clignote au-dessus de ma couchette. Et merde. Un TextExp. Je grimpe l'échelle deux à deux et vérifie l'affichage électronique. Trois messages de la Nasa qui me demandent un rapport sur le SOS.

Je tape un "55". Puis confirme par trois fois avant que les particules intriquées ne chatouillent leurs sœurs jumelles à Houston. Cinq sur cinq, c'est ce qu'on disait en d'autres temps pour signifier que tout allait bien. Je ne vois pas vraiment pourquoi ça devrait être plus efficace que de simplement dire OK. Ça a sûrement un rapport avec l'État d'Oklahoma. Tout est de leur faute. Comme c'est la faute de l'Allemagne si le chiffre neuf se prononce différemment. Tout le monde crée des problèmes. Pas juste moi.

Je coupe l'alarme et décris un grand cercle dans le poste de commande. Puis un autre. Cricket se réveille, se rend compte que je ne suis plus là et débarque en deux bonds, avec un grognement et une ruade. Elle se pelotonne sur la couverture que je laisse à son intention sous le tableau de bord et me regarde arpenter le module.

J'agite les bras comme s'ils étaient encore mouillés, comme si je voulais en faire gicler quelque chose, comme un soldat nerveux avant de sortir des tranchées pour une grosse offensive. Qu'est-ce qui déconne chez moi, bon sang ? Un filet d'eau me coule le long du sternum, dégouline du caillou poreux que je porte autour du cou. Je l'essuie, m'approche du hublot et observe un instant la lumière qui clignote. Je me tourne vers la HF, me demande ce que je pourrais bien raconter si je prenais le micro. Je reviens à la lumière.

C'est encore pire que d'être complètement seul.

22

Cette nuit-là, je rêve de ma compagnie. Mon ancienne compagnie. La compagnie B.

Bravo, les gars.

On salue.

On applaudit la compagnie.

Le genre d'applaudissements dont on se passerait bien.

Ces conneries étaient terminées depuis des siècles mais on nous appelait encore les VD. Véritables Désespérés. Vétérans Déglingués. Vagins et Dards. Vapeur Dispersée. Et mon préféré : Vraiment Décédés.

Il faut se garder une compagnie sous le coude pour les actions glorieuses et les séances photo. Ce n'est pas nous. Ce serait plutôt les gars et les filles de la compagnie Alpha. Ils ont l'impression d'être géniaux parce qu'on leur refile les opérations de routine. On pourrait *croire* qu'on leur assigne les cibles les plus difficiles, les missions les plus dures, mais ce sont en fait les cibles sur lesquelles on est le mieux renseigné, les batailles que l'on sait pouvoir gagner. Un bon joueur d'échecs n'avance pas sa reine, à moins d'être certain qu'elle pourra prendre un ou deux pions et s'en sortir sans une égratignure. Alors les meilleurs buteurs, les gars bien propres sur eux, les types aux mâchoires carrées, les as et les champions, on les expédie avec le meilleur équipement, le meilleur appui aérien, les meilleures unités d'artillerie et les plus gros budgets, et ils viennent toujours à bout de ces empaffés.

La compagnie Charlie est réservée à ceux en qui on a à peine confiance avec une arme à la main. Les agités de la gâchette dans un vaisseau de livraison bondé qui vous obligent à vous planquer tellement vite que vous vous en bousillez les vertèbres.

Ce qui laisse la compagnie Bravo, ceux qu'on peut envoyer au casse-pipe et qui savent ce qu'ils font. Quand on doit attaquer une cible sans connaître son point faible, on tape deux fois dans les mains et la compagnie B se pointe.

CHEF, OUI, CHEF ! CHEF, SACRÉMENT EXACT, CHEF ! CHEF, METTEZ-MOI EN JOUE ET TIREZ, CHEF !

On est rapides à la détente dans la compagnie B. On se bat pour avancer, ahuris, dans la confusion et l'anarchie. On ne s'en sort pas, pas tous. Mais quelque part, un stylo fait entendre son déclic, un type signe, rempli de fierté, un père pose la main sur l'épaule d'un jeune homme, et on recharge notre arme. Le cliquetis de ce stylo, c'est nous, en train d'armer les fusils comme un seul homme. C'est nous, en train de faire monter une autre balle dans la chambre. Dégage ce type, espérons que tu touches ta cible. Si t'en dézingues trois avant qu'on te réexpédie à la maison dans une housse mortuaire, alors les chiffres ont belle allure. Le père se voit remettre la médaille. Y a plus personne sur qui l'accrocher. Elle trône dans un cadre sur le manteau de cheminée et, aux vacances, on lève son verre pour porter un toast. D'abord, on porte les enfants, ensuite on porte un toast.

Je vois tout ça dans mes rêves, je le vois toutes les nuits. Les projectiles semblent sortir de terre. Quand les missiles cinétiques font mouche, le sol vomit une mort brûlante. Une éruption de terre, un nuage de métal hurlant qui atteint les malchanceux, se saisit de leurs membres et de leurs vies sans retenue.

Je vois les gars et les filles dans mes rêves. Les frères et les sœurs. Je vois les mutilés. Je vois mon meilleur ami Hank, qui détestait quand je pissais dans la douche. Il me regarde dans son pantalon trempé, abasourdi, comme prêt à hausser les épaules s'il en avait encore, comme si le cosmos aurait pu être un endroit marrant si ç'avait été de la pisse et non du sang sur son froc.

— *... juste besoin d'un coup de main vite fait.*

Oui, on a tous besoin d'un coup de main. Une main en titane. En fibre de carbone. Neurologiquement intégrée. Cinq cent douze degrés de sensibilité au froid et à la chaleur. Mieux que l'originale. Tout le monde a besoin d'une main. Et d'une jambe. Et d'un nouveau colon. J'ai la moitié du mien. J'ai un putain de demi-colon. Je suis à l'école, nu, et Mme Phister me pose une question de grammaire. Je me pisse dessus pendant que les autres rigolent. Il y a des pommes de douche partout, qui crachent de la terre et des projectiles dans la classe. Des enfants qui rient et qui meurent. Je me souviens de la règle des points-virgules : les phrases de chaque côté doivent être entières. Les gens aussi. Entiers. Y en a plus beaucoup.

— *T'écoutes ?*

J'écoute. Je fais attention. Je n'ai aucune idée de ce qui se passe, mais je fais attention. Je gobe tout, en bayant aux corneilles, je suppose que le type à côté de moi sait ce qu'il fait. Je vais le suivre. Quelqu'un d'autre me suit aussi.

— *Digger ? Hello ? Soldat, t'es là ?*

Je me réveille dans mon duvet. J'entends brailler dans le module au-dessus. Cricket, la tête sur ma poitrine, ronfle doucement. Je cligne des yeux pour chasser le cauchemar tandis qu'elle remue et m'observe à travers ses paupières mi-closes.

— Et merde, dis-je. Debout. Faut que je monte.

Je m'extirpe du sac de couchage alors même que Cricket essaie de m'en empêcher, avec sa tête qui pèse une tonne et sa patte sur mon bras. Je me précipite vers l'échelle, à poil, et l'escalade tant bien que mal en me cognant le genou et en jurant. Je m'empare du micro, un peu essoufflé et passablement désespéré, et lâche, la respiration sifflante :

— Ouais… *Hello ?* Eh. Je suis là. Qu'est-ce qu'il se passe ?

Je déglutis, pousse un soupir et inspire un grand coup. Puis je me souviens que je dois ajouter "Terminé".

— *Ça va ?* me répond alors Claire.

— Moi ? Ouais. (Grandes goulées d'air.) Super. T'as besoin de quoi ?

— *Et merde. Je t'ai réveillé, c'est ça ? C'est quoi l'heure ici ? Je suis encore à l'heure de Houston. Bon sang, je suis toujours à l'heure de Houston. Tu veux me rappeler demain matin ? Ton matin ? Terminé.*

Je pourrais l'écouter babiller comme ça pendant des heures. Il y a bien des vaisseaux qui passent de temps en temps, il m'arrive de discuter avec des commerçants ou des capitaines de remorqueurs transportant du minerai. Ils me donnent les résultats sportifs et les dernières nouvelles de la guerre, qui ont souvent tendance à se ressembler. Mais là, il s'agit de quelqu'un de tout proche, qui reste ici, s'endort et se réveille ici. À cent kilomètres de là simplement.

— Non, j'étais levé, dis-je. Qu'est-ce que je peux pour toi ?

Je mettrai mes fringues les plus correctes cette fois. Je me frotte le visage, sens la peau lisse sous mes doigts. Me renifle les aisselles.

— *J'ai besoin que tu me fasses un balayage complet avec ton émetteur. J'essaie de calibrer ce tas de boue mais il y a trop de débris dans le coin. Je n'arrive pas à éliminer les bruits parasites.*

Oui, les débris. Ça doit être ma faute. C'est moi qui ai provoqué ça. Désolé.

— Ouais, bien sûr, dis-je, déçu de pouvoir répondre à sa demande d'où je suis. "Pas de problème." Je m'installe devant l'écran de contrôle et active l'EOG pour qu'il émette à sa puissance maximale. Les lumières faiblissent un peu quand les énormes condensateurs se chargent deux modules plus bas. J'essaie d'imaginer Claire dans sa balise, observant et attendant devant sa propre console en survêtement et débardeur. Les cheveux ramenés en queue de cheval. Quelques mèches folles coincées derrière l'oreille. Des cheveux roux. Couleur de rouille.

— *Quand tu veux*, dit-elle.

Quand l'indicateur FLUX OK passe au vert, je bascule l'interrupteur métallique qui se trouve dessous. Je suis pris de vertige, comme si les panneaux gravitationnels sous mes pieds déconnaient, mais ce sont simplement les ondes qui me laissent engourdi et béat quand j'appuie ma tête contre l'EOG. Une mégadose. L'indicateur passe au rouge un instant avant de s'éteindre complètement. Cricket gronde.

— *Ça m'a l'air bon*, dit Claire. Muchas gracias. *S'il y avait un bar à deux pas d'ici, je te paierais un verre.*

Je contemple le micro dans ma main, jette un coup d'œil à Cricket, puis au toboggan qui mène à la partie opérationnelle de ma balise. Sachant que je ne devrais pas, mais que je vais le faire quand même, j'enfonce le bouton.

— J'ai encore mieux à te proposer, dis-je.

23

Claire m'attend au collier d'arrimage. Durant la fraction de seconde que met la trappe extérieure à s'ouvrir, je réalise qu'elle va me voir pour la première fois sans casque, avec mes cheveux bien au-delà du réglementaire et mon visage émacié.

Quoi qu'elle en pense, elle arrive à sourire. J'ai une crampe dans les joues à force de faire pareil. Je ferais mieux de me calmer.

— Un cadeau pour la crémaillère, dis-je en lui tendant un sac en plastique noir.

Claire l'observe d'un air perplexe mais accepte. Le sac est fermé par du fil de fer rouge. C'est dans ce genre de contenant qu'arrivent nos filtres à air. Je suis censé les jeter dans le recycleur mais Cricket adore les faire valser à travers les modules.

— Si c'est du vin, je veux savoir où tu te l'es procuré, dit-elle.

Je la regarde enlever le fil de fer et ouvrir le sac. Elle plonge la main dedans et en sort la bouteille de lubrifiant.

— On n'en a jamais trop, dis-je. Et j'ai remarqué que le système de ventilation grinçait un peu la dernière fois que je suis venu.

Elle rit.

— C'est gentil.

Le mot m'atteint comme un coup de genou au ventre.

— Ouais, bon. (Je désigne le flacon d'un geste maladroit.) C'est une bonne année, en plus.

— Et c'est censé être meilleur qu'une bière ?

— Oh, non, je voulais juste t'apporter quelque chose. Le… euh… tu me suis ?

Je passe devant elle et elle referme le sas derrière moi. Je grimpe à l'échelle en premier. La nature virginale de la balise me frappe avec la même force que la fois précédente. Les deux vaisseaux sont à l'image de leurs occupants, j'imagine. L'un sans défaut. L'autre, affreusement défiguré.

Une fois dans le module de commande, je plonge la tête dans le long toboggan qui mène à l'EOG. Avec un mouvement de nage des bras et un bon saut, je me lance dans la descente en m'enroulant légèrement sur moi-même, de façon que les prises de main se trouvent au-dessus et au-dessous de moi, et les murs lisses, dont j'effleure la surface pour rester centré, de chaque côté. À l'autre bout, je retrouve la gravité générée par le sol du module où se trouve l'EOG. Je me tourne et attends Claire. Elle est juste derrière moi, planant dans les airs la tête en bas. Son froncement de sourcils au niveau de mon sourire.

Elle se raccroche au rebord du toboggan, s'aligne sur la gravité puis se baisse à la manière d'un artilleur pénétrant dans son tank. L'espace est étroit pour deux. Avec Cricket, ce n'est jamais un problème, parce qu'elle essaie de se lover sur mes genoux.

Avec Cricket, c'est confortable. Là, c'est manifestement intime. Je me demande si c'est pour ça que j'ai amené Claire ici. Puis je me rappelle pourquoi je l'ai amenée. Je me décale un peu et m'adosse à l'EOG en tapotant la grille à côté de moi.

— Assieds-toi, dis-je. Et par habitude, on dirait que je parle à Cricket. Enfin, tu vois… si tu veux.

Elle s'installe à côté de moi.

— J'ignore pourquoi ça fait ça, mais appuie simplement ta tête contre le dôme et détends-toi. Tu devrais le sentir. C'est comme siroter un whisky.

On reste comme ça un moment. Inspire. Expire. Inspire. Les étoiles impassibles nous observent à travers le hublot.

— Tu sens ?

Claire ne répond pas tout de suite.

— Ouais, murmure-t-elle enfin. Je… je crois.

Plusieurs minutes s'écoulent, du moins, c'est l'impression que j'ai. Une éternité quand on est assis à côté d'un inconnu sans parler. Un agréable engourdissement gagne peu à peu mes membres. Je sens mon esprit qui s'apaise, les mots me viennent, dégringolent de mes lèvres comme les soldats des tranchées.

— Qu'est-ce que tu faisais avant de devenir accordeuse ?

Elle devait être ingénieur. En maintenance ou en montage. Un de ces trucs d'intello.

— Comme toi, répond-elle, d'une voix basse et un peu distante. L'armée. Deux périodes de service.

J'essaie d'assimiler la nouvelle, sans vraiment y parvenir. Elle est trop propre pour ça. Trop pure.

— Je me suis engagée après Delphi, ajoute-t-elle.

— Ouais, dis-je. Comme beaucoup, j'imagine. Tu as vu de l'action ?

Claire ne répond pas.

À peine les mots sortis de ma bouche, je me déteste d'avoir posé la question. Comme un général regrette ses ordres en voyant ses hommes se précipiter hors des tranchées dans la mauvaise direction. Si elle n'a rien vu, on dirait que je la juge. Et si elle a vu des combats, je remue des souvenirs qu'il vaut mieux laisser enfouis au plus profond.

— J'étais sur Yata pendant l'assaut, ajoute-t-elle d'une voix douce. Compagnie A. Section 2.

Impossible, me dis-je. *Impossible, putain.*

— On est restés coincés pendant trois semaines. Ils avaient décidé de nous faire disparaître à coups de bombes. Et puis, cette unité suicidaire a attaqué la ruche, menacé de la faire voler en éclats et… elle me jette un coup d'œil, me glisse un long regard glacial, je suis sûre que tu connais la suite.

Bien sûr que je la connais. Tout le monde la connaît. Mais je n'ai qu'une idée en tête : *Pas elle.* Même si je sais que ça n'a rien de surprenant comme coïncidence. Les compagnies A et B se trouvaient là-bas au complet pour la grande offensive. Durant les cinq semaines que j'ai passées sur Terre après être sorti de chez les vétérans, des tas de gens sont venus me voir pour me serrer la main, me remercier, me dire que je leur avais sauvé la vie. Et quand ils se mettaient à pleurer, je hochais la tête en répondant qu'il ne fallait pas. Que je n'avais fait que mon boulot. Un mensonge effronté. Je racontais toujours la même fichue histoire. Encore et encore, jusqu'à presque y croire moi-même.

— Je ne t'aurais pas prise pour un soldat, dis-je dans un murmure, d'une voix un peu cassée. Tu parais trop… bonne pour ça.

— Ouais, réplique Claire. On est tous pareils, non ?

— Faute de libations, merci quand même pour la lubrification, me lance-t-elle en souriant quand j'entre dans mon vaisseau de secours. Je suis sûre que la graisse va m'être utile quand j'aurais remis ce rafiot en état de marche.

— Pas de problème.

On dirait la fin d'un rendez-vous galant. Comme si elle me raccompagnait à ma voiture. Une bouffée de normalité lointaine et oubliée flotte dans les airs, telle une masse d'eau chaude sortie de nulle part quand on nage dans un lac, un rayon de soleil dans un ciel nuageux ou le sourire d'une femme derrière le guichet au Service des immatriculations. L'inattendu, le radieux. La joie qui vous laisse ahuri.

— Eh, dit-elle, alors que je m'apprête à partir.

Je fais volte-face. Va-t-elle m'embrasser ? On était tous deux soldats et les soldats faisaient l'amour avec autant de désinvolture que s'ils attaquaient un sachet de ration. Un truc comme un autre. Je ne veux plus jamais que ce soit comme ça.

— Tu as besoin de quelque chose ? demande-t-elle, sourcils froncés, visage parcouru de rides inquiètes.

— Comme quoi ?

— Eh bien, je reste encore quelques jours ici – elle désigne la balise du pouce – et ensuite, je regagne Houston un moment pour débriefer. S'il te faut quoi que ce soit dans la 23…

Je ris.

— Houston ne peut rien pour ma boîte de conserve, dis-je. En plus, leurs ingénieurs étaient là il y a quelques mois. Ils n'ont fait qu'aggraver les choses. Les panneaux gravitationnels se sont mis à osciller après leur passage.

— Merde. Vraiment ?

— Oh que oui ! Alors ne les laisse pas m'envoyer d'aide. Je m'en sors très bien comme ça.

— D'accord.

Je sens qu'il y a autre chose. Quelque chose qu'elle veut demander. Quelque chose qu'elle est trop gentille pour formuler.

— D'accord, répète-t-elle.

Je connais ce regard. Cette inquiétude. Je sais ce qu'elle a en tête. Ce qu'elle veut dire.

Si jamais tu as besoin de quelqu'un à qui parler…

Comme si parler avait jamais réglé quoi que ce soit. Comme si les mots possédaient ce pouvoir. Je touche le caillou à mon cou, sachant que j'ai tous les auditeurs que je veux, mais personne qui puisse me comprendre.

— À plus, dis-je en me retournant avant de tout gâcher.

— C'est ça, répond Claire, comme si elle n'était pas dupe.

Ce n'est qu'une fois la porte refermée dans un sifflement que je percute. Elle rentre à Houston dans quelques jours. Point barre. Ç'aura simplement été une masse chaude dans un lac gelé. Un rayon de soleil étincelant. Une étoile qui scintille une fois, deux fois, puis disparaît. Une mort sans agonie.

24

À la fin de ma première période d'affectation, j'étais déjà un connard. Je m'étais dit que je ne deviendrais jamais comme ça. Je me souviens quand j'ai rejoint ma première compagnie après avoir perdu mes ailes et avoir été muté dans les tranchées. Je me présentais aux types qui avaient été trop longtemps sur le terrain et ils refusaient de me serrer la main, de m'attribuer un nom, me disaient simplement d'aller me faire voir.

C'était eux, les connards, à mes yeux. Du moins, c'est ce que je marmonnais entre mes dents pendant qu'ils s'éloignaient. Plus tard, j'ai compris que ces échanges n'étaient pas ce qu'ils semblaient être. On serre tellement de mains et on rencontre tellement de gens qui meurent tous à la guerre qu'on en arrive à ne plus vouloir rencontrer personne. Rétrospectivement, je me rends compte que les connards en question étaient prompts à me donner tous les tuyaux qui pouvaient me sauver la vie, mais ils ne disaient pas un mot sur leur identité. Les seuls noms à circuler étaient ceux de leurs États ou de leurs villes respectifs, de leurs équipes de base-ball favorites ou des surnoms embarrassants. Les connards ne vous haïssaient pas ;

simplement, ils ne voulaient pas s'attacher. Je suis devenu pareil. Je n'ai plus jamais voulu rencontrer un autre Hank. Je crois que c'est pour cette raison qu'il est resté mon meilleur ami pendant mes deux périodes et demie. Je n'ai plus jamais laissé personne m'approcher d'aussi près. Ces deux semaines ont été suffisamment éprouvantes. Bordel, après Scarlett, je n'ai plus jamais confondu le sexe et l'amour. J'avais toujours pensé que les deux étaient liés. Mais par la suite, le sexe et la mort sont devenus tellement indissociables qu'on avait presque l'impression de baiser avec un cadavre. Ça enlève toute gaieté à la chose. On meurt un peu plus chaque fois qu'on fait l'amour sans joie. Les neurones se ratatinent. Ce qui est bon en vous s'étiole. Et certaines choses ne repoussent jamais.

Voilà pourquoi je passe les deux jours suivants les yeux rivés sur la HF, trop sur la défensive pour prendre le micro et trop amoureux pour m'en éloigner. Je ne veux plus rien savoir à son sujet. L'idée qu'elle parte vers une autre balise flambant neuve, qu'elle demande à quelqu'un de lui passer un boulon, une odeur de savon et de graisse sur la peau, qu'elle se lie à un autre soldat, laissant derrière elle une ligne pointillée de machines réglées au millimètre et de cœurs brisés, m'est déjà un supplice. Je m'apitoie non seulement sur mon sort mais aussi celui de tous ces autres malheureux vétérans solitaires qui…

— Y a quelqu'un ?

Cricket lève la tête et fixe l'échelle. C'est quoi ce bordel ? C'est quoi ce bordel ?

En regardant les lampes des sas au-dessus de moi, je constate que le sas Bravo est activé. Bon sang, qui s'arrête comme ça sans prévenir ? Je fais un pas vers l'échelle, recule, avance à nouveau, les poings sur les hanches. Cricket se redresse.

Avant même que je pense à l'arrêter, elle a bondi.

— Putain ! (Je lui cours après.) Arrête ! Attends ! Non !

Les ordres inutiles se bousculent tous en même temps sur mes lèvres. Je saute pratiquement au bas de l'échelle, atterris en roulant sur moi-même et essaie d'attraper Cricket, mais elle cabriole déjà vers le niveau inférieur. Sans prendre le temps d'enfiler un pantalon ou une chemise – je n'ai que mes sous-vêtements sur moi – j'arrive déjà au module de survie quand j'entends hurler juste en dessous. Un hurlement suraigu. Je découvre Claire sur le dos, plaquée contre la grille par Cricket qui se tient sur elle, les pattes posées sur sa poitrine.

— Dégage !

Je pousse Cricket sur le côté et finis sur les genoux. Elle essaie de se rapprocher de Claire – je ne sais pas si c'est pour lui souhaiter la bienvenue ou la dominer et je lutte pour la retenir. Claire file se réfugier contre l'épurateur d'air, remonte ses genoux contre elle en fixant l'animal, les yeux écarquillés, bouche bée.

— Désolé, dis-je en m'asseyant et en tendant la main vers elle. Je suis vraiment désolé.

Elle ne répond pas. J'ordonne à Cricket de reculer, de se coucher, de se calmer et, finalement, la tension dans ses muscles disparaît. Elle arpente le module à côté de moi sans quitter Claire des yeux. Je lui montre toujours la grille en lui disant de se coucher, en *me concentrant* sur cette idée, et elle obéit enfin. Mais avec un grognement. Comme à regret.

— Mon Dieu, je suis affreusement désolé, dis-je encore.

Je tends la main vers Claire et lui effleure la jambe. Je revois le jour où je lui ai touché la cheville. Elle sursaute, mais pas aussi violemment que la première fois.

— Qu'est-ce que c'est que ce truc, bon sang ?

— Un warthen. Je souffle comme un phoque après la descente précipitée et frotte ma cheville foulée. Je… Elle m'a en quelque sorte adopté.

— C'est… (Claire n'arrive pas à quitter Cricket des yeux. Elle la montre du doigt.) C'est contre le règlement. C'est… Tu ne peux pas garder ça.

— Je sais, dis-je. Je sais. Je suis nul dans ce boulot. Tu vas me virer. Je le sais. On peut envoyer un TextExp à Houston si tu veux.

Je me sens presque soulagé. Récemment, je suis passé de l'idée que j'allais servir dans ce tas de boue jusqu'à la fin de mes jours à la quasi-certitude que je pourrais me faire renvoyer n'importe quand. C'est le chemin que j'ai pris quand je me suis rangé aux côtés de Scarlett contre les chasseurs de primes. Mais la seule à le savoir est la fille en noir qui a embarqué Scarlett en la traînant derrière elle. Et apparemment, elle n'a pas dit un mot. Mais avec Cricket dans les parages, ce n'est qu'une question de temps. Quand ils vont me réapprovisionner en nourriture, ils comprendront. La Nasa compte le moindre boulon à cent dollars. Ils ne rateront pas ça. Et maintenant, ils savent. La mascarade est terminée.

— C'est quoi ça, bon sang ? demande Claire. (Pendant que je réfléchis à la lointaine planète sur laquelle je vais me retirer, elle semble avoir récupéré du choc.) Canin ? Félin ?

— Ni l'un ni l'autre, dis-je.

La peur a disparu, remplacée par de la curiosité. Voilà un soldat qui a connu les bombardements. Qui sait quand plonger à couvert et quand ressortir pour faire l'état des lieux et voir qui a besoin d'aide.

Je claque des doigts. Cricket se déplie tel un ressort. Elle est restée couchée uniquement parce que je lui ai hurlé de le faire. Elle me renverse presque en fonçant sur Claire, lui pose les deux pattes autour du cou et commence à lui lécher les cheveux.

— Couchée !

— Doucement, dit Claire à l'animal.

Et je me rends compte qu'elle contrôle la situation. Elle se tourne sur le côté et fait rouler le warthen sur le dos. L'immobilise, ce qui, je le sais d'expérience, n'est pas facile. Cricket est sur ses gardes mais ses pattes se relâchent peu à peu quand Claire trouve le point sensible sur son ventre.

— Elle aime ça, dis-je.

— Qui n'aimerait pas ? réplique Claire.

On se regarde fixement.

C'est la dernière chose que je voulais. La dernière chose, nom de Dieu.

— Qu'est-ce que tu fous là, bon sang ?

Je lui balance ma question, incapable de me contrôler, contrarié qu'elle soit quelqu'un de bien et qu'elle me le jette comme ça à la figure, qu'elle agite sa bienveillance comme un drapeau, qu'elle me le fasse remarquer.

— Je t'emmerde, répond-elle, en continuant à frotter le ventre de Cricket.

C'est juste du parler de tranchée. De la colère de soldat, qui passe aussi vite que passe l'amour.

— T'as dit que ce tas de boue tombait en ruine, j'ai pensé que j'allais venir voir si je pouvais donner un coup de main. Mais d'après moi, ça n'est pas le vaisseau qui déconne.

— Ça veut dire quoi, nom de Dieu ?

Elle observe Cricket, qui a fermé les yeux et fait entendre ce grognement caverneux que je qualifierais de ronronnement s'il n'était pas aussi perturbant.

— Tu as raison, je me demande ce que je fais là, dit-elle.

Elle caresse Cricket, puis déplie les jambes et se lève, prête à s'en aller.

— Bonne chance pour tout, soldat.

— Attends !

Je tends la main vers elle, même si je ne la connais pas, même si je n'ai passé que quatre heures avec elle en tout et pour tout, même si je n'ai pensé à rien d'autre ces trois derniers jours.

— Je suis désolé.

Trois mots qui me restaient en travers de la gorge quand j'étais plus jeune, dont je comprends seulement maintenant le prix, la véritable valeur, et à quel point ils font du bien quand on les prononce.

— C'est juste…

— Quoi ? demande-t-elle en me regardant de toute sa hauteur. Je lui enserre le poignet sous le regard de Cricket.

— C'est juste que…

Je secoue la tête.

— Tu ne veux pas avoir de sentiments pour moi parce que tu as peur que je parte ?

Je me détourne car les larmes montent si vite que j'en ai la gorge serrée et que je ne peux plus ni avaler ni voir quoi que ce soit. Je m'essuie les yeux, mort de honte.

— Eh bien, va te faire foutre, soldat. On finit tous par partir. Chacun d'entre nous. Tu as été dans la merde. Tu choisis de rester à l'écart de ceux qui pourraient partir, tu choisis de rester seul. Mais on part tous. Ouvre-toi à quelqu'un, putain ! Pour ton bien.

Cricket a posé sa tête sur mes genoux et lève les yeux vers moi. Claire me dévisage. Je suis le roc entre deux maillons faibles.

— Tu crois que je ne souffre pas ? continue-t-elle. (Elle me serre la main. Dieu sait comment, elle la tient maintenant dans la sienne.) Regarde-moi.

Je lève la tête à contrecœur. Les larmes roulent sur mes joues. Elle a soulevé sa chemise. Un réseau de cicatrices dépasse au-dessus de la ceinture de son survêtement – un entrelacs de dentelle de chairs, qui lui enveloppe toute la hanche. Je regarde son visage et vois qu'elle observe mon ventre. Je contemple à nouveau sa blessure. C'est moi, le connard. Je pense être le seul à souffrir, le seul à porter tous les malheurs du monde sur son dos, je vois la pureté chez les autres et le délabrement en moi. Il n'y a que moi qui ai souffert. Que moi qui ai connu la douleur. Comment partager ce qu'on pense être le seul à pouvoir supporter ? Pourquoi est-ce qu'on s'impose tous ça, à nous-mêmes et aux autres ? Pourquoi est-ce qu'on ne peut pas simplement pleurer comme des hommes, bordel ?

C'est ce que je fais. Envolée, l'idée séduisante de faire l'amour avec cette femme. Envolée, l'idée séduisante de l'aimer et de passer le restant de mes jours avec elle. Envolées, toutes les choses agréables qui me font rêver. Il n'y a plus que le terrifiant, l'horrible, le brutal et la douleur.

Le dernier vestige d'égoïsme qui me reste encore me porte à croire – tandis que je convulse dans les sanglots et braille comme un môme – que personne n'a jamais pleuré comme ça. C'est la dernière fois que je me prends pour quelqu'un d'unique. La dernière fois. Parce qu'à l'instant même où je me dis que personne n'a jamais pleuré comme ça, une femme m'enveloppe de son étreinte, une inconnue, une sœur, une camarade de mutilation, une amante solitaire. Et elle me montre que je ne suis pas seul. Et on pleure comme si l'univers touchait à sa fin.

25

Il y a quelque chose d'étrangement familier dans la façon dont elle me caresse les cheveux après, dans la façon dont elle me regarde, dans sa chevelure décoiffée et ses joues rougies. Elle doit penser la même chose parce que c'est elle qui prend la parole en premier après ce qui me paraît être une éternité.

— C'était bien pour toi ? demande-t-elle.

On éclate de rire en même temps. C'est le meilleur rire qui puisse exister.

— C'était quoi, *ça* ? dis-je à mon tour.

Il n'y a rien eu d'autre que l'étreinte et les larmes.

— Ça s'appelle ressentir quelque chose, soldat. C'est bon de voir que tu en es encore capable.

Le ton clinique sur lequel elle dit ça a un côté flippant. Elle ramène mes cheveux derrière mes oreilles. Tout, sauf réglementaire comme longueur. Et je ne peux m'empêcher de penser qu'on l'a peut-être envoyée ici pour réparer autre chose que la balise. C'est de la parano, sûrement. Un reste d'ego. Un milliard d'étoiles m'observent à travers cet espace insondable et pourtant, ce n'est pas le cosmos qui me fait comprendre à quel point je suis minuscule. C'est cette personne incomparable qui soulève sa chemise pour me rappeler que nul n'est parfait. Que nous avons tous une histoire. Des regrets. Des faiblesses. Elle a réussi là où les astres ont échoué. Ou peut-être qu'il était grand temps pour moi.

— Je ne veux pas que tu partes, dis-je.

— Je sais, répond-elle en hochant la tête.

Cricket grogne dans son sommeil. Elle s'est écroulée dès que nos braillements ont cessé, comme si ça l'avait épuisée, elle aussi. Si elle est vraiment télépathe, ça doit être le cas.

— Tu es content de m'avoir rencontrée ? demande Claire.

— Évidemment. (Sans hésitation.)

— Eh bien voilà.

Je lui frotte le bras. Je veux m'imprégner de la texture de sa peau pour plus tard. J'attrape sa main libre et la porte à mes lèvres, en embrasse le dos, la sens qui serre la mienne en retour et inspire un grand coup pour tenter de mémoriser son odeur.

— Tu as déjà fait ça avant ?

Claire se met à rire.

— Est-ce que c'est important ?

Je hausse les épaules.

Un ange passe.

— Non, répond-elle enfin. J'en avais probablement plus besoin que toi.

L'ancien moi en aurait douté en son for intérieur. Le nouveau n'en est pas si sûr. Peut-être que son parcours a été plus difficile que le mien. Peut-être que je peux laisser derrière moi la singularité de ma souffrance. Peut-être que les prises auxquelles je me suis raccroché n'ont fait que s'enfoncer dans mes paumes et me couper les chairs au lieu de m'empêcher de tomber ?

— Si jamais tu veux partager, dis-je, je suis là.

Moi aussi, je peux être une épaule. Je peux écouter plutôt que simplement me taire. Je peux soutenir quelqu'un. Moi. Le déglingué. Non : *un* déglingué.

Je pense à Tex, un vétéran grisonnant qui servait dans ma dernière unité et qui est mort le jour où j'ai obtenu ma médaille. Je me suis toujours dit qu'il était dingue. C'était l'enfoiré le plus heureux que j'aie jamais rencontré. Et pas heureux parce que tuer le mettait en joie, comme certains des vétérans vraiment déjantés, mais heureux parce qu'il était en vie ce jour-là et qu'il comptait bien le rester un jour de plus. Tex se présentait à tous les gamins qui débarquaient de leur cambrousse pour rejoindre l'unité, toute la bleusaille et la chair à canon bien fraîche. Un bras autour de leurs épaules, il leur racontait son histoire, leur donnait son vrai nom, leur demandait des tas de choses sur leur ville d'origine, ce qui fait que ceux qui se trouvaient à portée de voix ne pouvaient qu'entendre des conneries dont ils se seraient bien passés. Toutes ces précisions nous atteignaient comme des grenades à fragmentation. Il comprenait les gens, Tex. Était proche d'eux. Pleurait comme un bébé quand il fallait compter les plaques d'identification, une fois la fumée dissipée. Et moi, je me disais qu'il était complètement dingue de faire la guerre de cette manière. Sans en tirer de leçon, comme le reste d'entre nous.

Mais il a peut-être été le seul à rester normal. Le seul humain parmi nous autres, les aliens. Encore en vie. Refusant d'abandonner. Préférant faire le yo-yo de haut en bas, comme des panneaux gravitationnels en panne. Préférant ça à l'apesanteur. À l'absence de gravité.

J'ai envie de planer encore un peu. Je souris à Claire.

— Tu m'accompagnes à l'EOG ? Juste un petit moment ?

Un froncement de sourcils fait voler en éclats la sérénité de son beau visage. Elle a de nouveau l'air triste, mais ce n'est plus la tristesse âpre de toutes les blessures qu'elle a connues dans sa vie – c'est de la tristesse mêlée de pitié. Je sens qu'elle ne veut pas m'avouer une terrible vérité.

— Tu sais que ça ne fait rien, n'est-ce pas ? dit-elle.

Non. Je ne sais pas. Je n'ai aucune idée de ce dont elle parle.

— L'EOG. Il ne peut en aucune manière interagir avec ton cerveau.

— Je t'en fous ! Si, il agit. Il me détend. C'est la seule chose qui…

Elle m'effleure la joue des doigts et je sens autre chose qui me détend. Je commençais à m'énerver mais son geste me calme. Je sais que j'ai raison et qu'elle a tort, mais je n'ai pas besoin de me mettre dans tous mes états pour ça. Il me suffit de l'accepter.

— Tu te sens détendu là-haut parce que c'est le seul endroit où tu restes assis tranquillement, reprend-elle. Où tu respires. Où tu te laisses aller. Tu peux faire ça n'importe où. Il te suffit de le vouloir. De te laisser *vivre*.

Je secoue la tête. Je suis à deux doigts de me disputer avec elle quand elle laisse courir sa main sur ma joue, sur mon cou, et touche le caillou qui pend au bout de son lacet.

— Qu'est-ce que c'est que ça ?

Je pose ma main sur la sienne. Je pense un instant à Scarlett, à la façon dont le sexe et l'amour étaient indissociables alors. Mais c'est bien de l'amour que je ressens en ce moment même. Je n'en ai jamais été aussi sûr. Romantique ou non. D'humain à humain, tout simplement. Un véritable amour.

— Un souvenir, dis-je.

— Il te rappelle quoi ?

Je réfléchis. Il y a tant de réponses. Je veux être certain de choisir celle qui est honnête.

— Que je n'ai pas toujours raison, dis-je enfin. Il me rappelle que je dois me remettre en question. Tout remettre en question. Sans cesse.

Claire sourit. Elle effleure mes lèvres du doigt puis se laisse aller contre moi et m'embrasse. Quand elle s'écarte, beaucoup trop vite, elle reprend :

— Eh bien, sur ce point-là, tu as raison. N'en doute jamais. Accroche-toi à ça.

Je l'attire à moi, pas pour lui faire l'amour mais juste pour l'aimer. Pour tenir entre mes bras quelque chose de bon, d'imparfait et d'abîmé, et sentir que quelqu'un fait de même en retour.

26

C'est le jour du départ. Je zoome sur l'écran vidéo et regarde le vaisseau de ravitaillement approcher de la balise 1529, lâchant de petits jets d'air hésitants tandis que le pilote essaie de se placer dans l'axe du collier d'arrimage. Je l'entends proclamer à la radio qu'il a établi le contact et s'est bien arrimé. Ils doivent refiler ces routes paumées aux pilotes les plus novices. Je tremble à l'idée que ma précieuse Claire confie sa vie à ce néophyte.

— C'*est bon*, répond-elle.

Cette voix. On a passé des heures ces dernières nuits à papoter *via* la radio, après avoir passé des heures à papoter en direct et à se dire qu'on devrait vraiment regagner nos balises, puis qu'on devrait couper la radio et dormir un peu, avant de se réveiller et de trouver une excuse pour se voir à nouveau.

Quand Claire m'a surpris en train de débrancher l'alarme de CO_2 dans son module de survie – et que je lui ai avoué avoir endommagé trois autres trucs dans sa balise, assez gravement pour l'obliger à rester réparer, mais pas assez cependant pour la mettre en danger –, elle a eu une expression étrange sur le visage, comme si elle savait que ça allait trop loin, que nos sentiments étaient trop forts, alors même que nous n'avions pas encore fait l'amour, comme une chose réservée à ceux qu'on n'aime pas aussi sincèrement. À la suite de cet épisode, elle a expédié un TextExp à la Nasa pour signaler que la balise était prête. Et qu'on pouvait lui envoyer un aiguilleur. Du moins, je crois que c'est ça qui l'a poussée à le faire.

Cricket miaule, gronde, et me donne de petits coups de tête.

— Je sais, dis-je, en la grattant derrière les oreilles. Moi aussi, je l'apprécie bien.

Le warthen referme sa mâchoire sur mon bras et serre, apparemment prête à mordre si je n'arrête pas de mentir.

— Aime, dis-je rapidement. Je l'aime. D'accord ? Mais c'est à *elle* que je suis censé dire ça, pas à toi. Alors fiche-moi la paix.

Cricket s'écarte et fait un tour complet du poste de commande en geignant.

— Je suis désolé, dis-je en levant les mains. Qu'est-ce que tu attends de moi, hein ? Ce n'est pas moi qui fais les règles. Moi, je les transgresse simplement. Est-ce qu'on ne peut pas se contenter d'avoir passé une bonne semaine ? Est-ce qu'il n'y a que le présent qui compte ?

Cricket me dévisage fixement. Je me rends compte que ces questions me sont adressées. Que c'est moi qui suis en colère contre le cosmos tout entier.

— Viens là, dis-je en tapotant mes genoux.

L'extraterrestre de cinquante kilos me saute dessus et trouve le moyen de se pelotonner en une boule de fourrure compacte. Elle balaie le sol avec sa queue.

— La vérité, lui dis-je, c'est que j'ai la frousse. Et si rester assis sans bouger n'a plus aucun effet ? Ou qu'inspirer et expirer ne fasse plus rien ? Si l'EOG n'a réellement aucun effet, qu'est-ce qui se passera si tout le reste cesse aussi de marcher ?

Elle me lèche la main. Et soudain, une idée effrayante me traverse l'esprit, que je me dépêche d'écarter avant que Cricket puisse en prendre conscience : Et si je la perdais maintenant ? Cet animal est ce qui se rapproche le plus de l'EOG, ou de Rocky, ou de Claire, ou de toutes ces choses qui m'ont apporté la paix sur le moment mais semblent ne jamais durer. Où est la paix éternelle ? Existe-t-il même une telle chose ? Ou faisons-nous la guerre comme la font les extraterrestres, perpétuellement, contre nous-mêmes ? J'espère que non. J'espère que ça ne marche pas comme ça.

"Balise 23, transport KYM731. Demande la permission de m'arrimer. Terminé."

Je reviens à mon écran et vois que le vaisseau ravitailleur a quitté son collier d'arrimage. Ne reste plus là-bas que le vaisseau de secours. J'aperçois de la lumière à travers les hublots et des phares qui clignotent au long des panneaux solaires. La balise est opérationnelle.

— Descends, dis-je à Cricket.

Elle obéit et je m'empare du micro.

— Collier d'arrimage Charlie, dis-je en activant le verrou magnétique.

Je descends l'échelle avant Cricket et referme la trappe d'accès derrière moi. Je l'entends qui arpente le module en miaulant, mais sans trop résister.

Peut-être a-t-elle deviné mes pensées et compris que si on la repère ici, je la perdrai, et qu'elle finira probablement ses jours dans un zoo. Ou au service d'un autre chasseur de primes qui se servira d'elle pour ses noirs desseins.

Le pilote accroche violemment le collier d'arrimage. Un sur dix. J'ouvre le sas et nous échangeons une poignée de main, nos noms, et des plaisanteries. Puis il me passe deux douzaines de caisses en plastique remplies de matériel, de pièces de rechange et de nourriture, et je lui refile en échange deux bidons de déchets non recyclables. Il m'en redonne deux vides. Durant toute l'opération, je m'attends constamment à ce que Claire vienne nous donner un coup de main, ou dire un dernier au revoir, ou au moins faire un signe. Mais lors de notre dernière rencontre, l'adieu était trop parfait pour vouloir le rejouer. Un long baiser appuyé que je sens encore sur mes lèvres. Une chaleur dans le cœur que ni l'alcool ni l'émetteur d'ondes gravitationnelles ne pourraient jamais me procurer.

— Une dernière chose, dit le pilote.

Il disparaît et revient avec un sac en plastique noir. Fermé par un fil de fer rouge. Une larme roule sur ma joue et je ne me détourne pas, ne l'essuie pas non plus. Je n'éprouve même aucune fierté à rester ainsi. Et ne tire aucun orgueil de cette absence de fierté. Je me contente d'être. Je mesure la douceur de ce présent. Je mesure la douceur qu'il y a à ressentir cette douceur. Je n'ai aucune honte, juste la sensation diffuse que quelque chose en moi a changé.

— On n'en a jamais trop, dis-je.

Le pilote me regarde bizarrement. J'enlève le fil de fer, sors le flacon de WD-80 et fais semblant d'en évaluer la valeur.

"Une bonne année."

Ça a été une bonne semaine, au moins.

— Ouais ben, peu importe, fait le pilote. L'opératrice m'a simplement dit de vous donner ça. Je vous jure que, vous autres, vous êtes bizarres.

Il fait volte-face et retraverse le sas.

— Accordeuse, je lui crie dans son dos. C'est une accordeuse.

Il tourne la tête et me jette un coup d'œil.

— Vous trouvez qu'elle a l'air d'une opératrice ?

Il hausse les épaules. Puis ajoute, en tendant le bras pour refermer sa trappe :

— Pour moi, vous avez tous la même allure.

— Attendez !

Je scrute le vaisseau de ravitaillement derrière lui, ce vaisseau qui nous apporte notre nourriture, nos pièces de rechange, nos remplaçants, et qui nous ramène à la maison si jamais on décide de rentrer. Je cherche un signe d'elle, mais n'en vois aucun.

— Ouais ?

Je lui montre le flacon de lubrifiant. Une petite giclée et les choses coulissent parfaitement.

— Remerciez-la pour moi, dis-je. Dites-lui simplement que j'apprécie le cadeau.

Nouveau coup d'œil, comme si j'étais dingue.

— Dites-le-lui vous-même. C'est votre voisine. Je me tire.

Je dois respirer plusieurs fois, abasourdi, avant de parvenir à rassembler les morceaux du puzzle.

Puis j'enfile les trois échelles plus vite que je ne l'ai jamais fait. S'il existait des Jeux olympiques pour aiguilleurs de l'espace, j'aurais établi le record de la galaxie. Qui n'aurait jamais plus été battu. Enfin, jusqu'à ce que j'atteigne la trappe d'accès au module de commande.

Je détache les fixations qui maintiennent la trappe en place et pousse, mais elle ne bouge pas d'un iota. Je me mets à hurler.

— Cricket ! BOUGE ! Cricket ! Pousse-toi !

Je grogne sous le coup de l'effort, escalade un autre barreau et cale mon épaule contre la trappe. Je la sens qui se soulève d'un ou deux centimètres avant de retomber sous le poids de Cricket qui a remué.

— Je te jure, Cricket, bouge de là, bon sang ! J'essaie de monter. Vilaine fille ! Bouge !

Finalement, j'arrive à soulever suffisamment la trappe pour en faire glisser Cricket. Elle s'écarte d'un bond quand le verrou retombe dans la rainure encastrée à cet effet dans le pont. Puis elle se jette sur moi alors que j'essaie de franchir les derniers barreaux de l'échelle, me léchant de sa langue râpeuse.

— Bordel de merde, Cricket. Allez. Arrête. Pas de léchouilles. Plus jamais lécher.

Je continue à ronchonner tout en m'emparant du micro de la HF. J'enfonce le bouton de transmission puis le relâche. J'ai failli dire quelque chose. Je me tourne vers la caméra extérieure du collier d'arrimage et regarde s'éloigner le vaisseau ravitailleur. *Non, elle n'a pas fait ça*, me dis-je en moi-même. *Non, elle n'a pas fait ça. Non, elle n'a pas fait ça. Elle ne le ferait pas. Elle ne le ferait pas.*

J'essaie de m'en convaincre en attendant que le ravitailleur gagne l'hyperespace. J'essaie d'imaginer un type chauve et bedonnant dans l'autre balise, en train de se gratter le cou et de mâchouiller le contenu d'un sachet protéiné. Voilà la vérité. Accroche-toi à ça. Ne te fais pas d'illusions.

Le vaisseau ravitailleur met enfin la gomme et disparaît de mon écran.

J'enfonce le bouton.

— Balise 1529 ? Ici balise 23. Vous me recevez ? Terminé.

J'attends.

Pas de réponse.

Je fais pivoter mon scanneur pour avoir la balise en visuel.

Le vaisseau de secours est toujours là. Toujours arrimé.

— *J'écoute*.

Les mots sont hachés. Ils sont arrivés quand je ne prêtais pas attention. Mais c'était bien elle. Je suis presque sûr que c'était elle. Presque sûr.

— Claire ?

— *J'écoute*, répond-elle.

J'inspire un grand coup. Me retiens d'une main au tableau de bord. Cricket est là, appuyée contre moi. Elle referme sa gueule sur mon bras et serre, menaçant de me mordre si je prends la mauvaise décision.

— Je sais, lui dis-je. On le sait tous les deux.

Je suis incapable de me souvenir de la dernière fois où j'ai prononcé ces mots avec autant de conviction. Incapable.

Mais je me souviendrai toujours de celle-ci.

V

LE VISITEUR

27

Je détestais les dimanches quand j'étais môme. Dès la minute où je me réveillais, je sentais planer l'ombre du lundi, sentais s'accumuler le poids d'une autre semaine d'école, prête à m'étouffer. Comment étais-je censé profiter d'une journée de liberté alors que je me noyais dans l'effroi ? Impossible. J'éprouvais comme un vide au creux de la poitrine et des entrailles – un vide indescriptible, qui aurait dû être rempli de distractions, je le savais, au lieu de quoi je passais mon temps à chercher comment m'occuper.

Savoir que j'aurais dû m'amuser était en grande partie le problème. Savoir qu'il s'agissait d'un jour de liberté rare, d'un sursis bienvenu, et que moi je restais comme ça, malheureux et résistant de toutes mes forces. Peut-être cela expliquait-il pourquoi les vendredis d'école étaient plus agréables que les dimanches à la maison. Je me sentais plus heureux à faire ce que je détestais sachant qu'un samedi se profilait que je ne l'étais un dimanche totalement libre, avec le lundi en perspective.

J'appelle ça l'effet relativiste du week-end. Nous vivons dans le présent, mais notre bonheur dépend lourdement de l'avenir. Notre humeur dépend autant de l'attente que de l'expérience. Exactement comme à l'armée, où la vie dans les tranchées fonctionnait de la même manière. C'était le calme qui mettait les nerfs en pelote. La préparation à l'assaut, plus que l'assaut lui-même. Encore aujourd'hui, c'est plus l'odeur de la graisse à fusil qui m'amène au bord de l'évanouissement que la vue du sang.

C'est peut-être pour ça qu'en vivant le rêve galactique, j'ai l'impression de me trouver dans un cauchemar éveillé. J'ai tout ce que je veux. Ma propre maison[1], une petite amie stable[2], un animal de compagnie aimant[3], un boulot correctement payé[4], un véhicule fiable[5], la paix et l'intimité[6], et la meilleure vue qu'on puisse imaginer du noyau galactique sans avoir besoin de porter un gilet en plomb[7].

Ouais, je vis vraiment le rêve.

Alors pourquoi est-ce que j'ai la sensation que quelqu'un va me pincer ?

---

1. Une balise de navigation déglinguée à la limite du secteur 8.

2. Elle est rêveuse.

3. D'accord, parfois, j'ai l'impression qu'elle veut me tuer. C'est un genre de croisement entre un labrador et un léopard. Et je suis presque sûr qu'elle lit dans les pensées.

4. Honnêtement, je ne sais même pas pourquoi on a besoin de moi ici.

5. Si on peut parler de "véhicule" pour un vaisseau de secours de la Nasa. Il m'emmène et me ramène de chez ma petite amie. Et vole comme un vrai tas de boue.

6. Au plus profond de l'espace, personne ne vous entend sangloter.

7. Regardez tout ce néant. Vous sentez son regard en retour ?

Des commerçants et des pirates traversent mon secteur de temps à autre et laissent derrière eux des marchandises et des nouvelles de la guerre. Tout est en train de changer. Les articles que je troque à présent trahissent le fait que j'entretiens une relation avec la fille d'à côté. J'ai réussi à acheter des fleurs, un morceau de fromage et deux petites tablettes de chocolat à un gentleman que j'appellerai un "commerçant" s'il promet de ne pas rire. C'est aussi lui qui m'a mis au courant de la première bataille dans le secteur 8, un petit accrochage à deux années-lumière d'ici le long de cette branche de la Voie lactée. Je peux imaginer ce qui s'est passé, ayant moi-même été pris plus d'une fois dans des combats acharnés. Un croiseur ryph tombe sur un vaisseau éclaireur qui s'est éloigné de la flotte principale. On échange des tirs. Un des petits vaisseaux de la flotte est abattu. Juste une victime de plus dans une guerre qui en a déjà fait des milliards des deux côtés.

Mais ensuite, dans les bureaux de la flotte interstellaire sur Terre, un ecclésiastique lambda note les coordonnées et avise les parents du môme du dernier emplacement connu où se trouveraient les atomes de leur fils ou de leur fille. Et cet ecclésiastique ou ce parent ou un journaliste intrépide remarque que, *techniquement parlant*, le vaisseau volait juste au-dessus d'une ligne arbitraire et que, *techniquement parlant*, la guerre s'est maintenant déplacée dans le secteur 8 et que, *techniquement parlant*, cela signifie que la galaxie proprement dite est à présent bel et bien foutue.

Les présentateurs télé racontent des inepties à travers toute l'holosphère. Jeunes gens et jeunes filles se rassemblent devant les centres de recrutement, poitrines bombées, pour signer leur noble certificat de décès. Trente-deux mondes colonisés et semi-colonisés tremblent dans tout le secteur 8. Les secteurs 2 et 3 commencent à rejeter les pacifistes et à voter l'entrée en guerre. Tout le monde sur Terre se demande quand ce sera le tour du secteur 1. Tous les autres se posent la même foutue question.

Pendant ce temps, les Ryphs progressent. Pendant ce temps, la guerre se rapproche. Pas moyen de l'arrêter.

Voilà les réjouissantes pensées qui m'occupent alors que je me rends dans la balise voisine pour un rendez-vous galant avec du chocolat et des fleurs. C'est un dimanche de relâche au fin fond du secteur 8. Une journée de repos. Mais j'ignore comment on peut faire ça.

28

Ça fait tellement longtemps que je ne suis pas sorti avec quelqu'un que je ne me souviens pas exactement comment on doit se comporter. Mais Claire est un professeur patient. Elle m'a déjà rappelé comment pleurer en compagnie d'autrui et ce n'est pas rien. Quand on grandit dans le Tennessee et qu'on est un garçon, on vous apprend à ne jamais pleurer là où on pourrait vous voir. Pleurer était synonyme de faiblesse. Quand on était mômes, les larmes faisaient passer les autres pour des braves.

À l'armée, c'était différent. On se mettait aussi à l'écart pour pleurer seul, mais on n'avait pas peur de ses frères et sœurs d'armes. À l'armée, les larmes effrayaient les autres. On ne voulait pas propager la faiblesse. Les larmes sont contagieuses.

J'ai vu mon père pleurer une fois et une seule. Pas quand je suis parti à l'armée ni quand maman est morte. Pas quand mon frère est sorti de désintox et qu'en voyant le regard qu'il avait, on a tous les deux su, mon père et moi, qu'il ne boirait plus jamais. Pas quand ma sœur a épousé un officier de Cyphus et qu'on a compris qu'on aurait de la chance si on la revoyait de temps en temps aux vacances. Chaque fois, j'ai eu l'impression que j'allais exploser à force de garder mon chagrin ou mon soulagement enfouis au plus profond de moi. Chaque fois, je me suis précipité dans ma chambre, seul, pour pleurer dans mes mains.

Mais pas mon père. Non, la seule fois où je l'ai vu beugler, ça a été le jour où il a embrayé avec le vieux tracteur dont les garnitures de frein avaient séché. Elles ont lâché, le tracteur a eu un sursaut en arrière dans la descente avant que mon père ait pu repasser une vitesse, le chien, qui suivait toujours trop près, a juste fait entendre un jappement assourdi, et c'était fini.

Je n'ai jamais demandé à papa pourquoi cette fois-là. C'était après le décès de maman, le départ de Shelly pour Cyphus, la guérison de Tyrese, après mon enrôlement et ma sortie du camp d'entraînement. C'était après tout ça. Mais lui, il se tenait là, étreignant son chien déjà vieux qui avait vécu le genre de longue vie paisible dont aurait rêvé n'importe quel chien de la galaxie, son chien à la toison blanchie et aux yeux chassieux, qui n'avait absolument pas souffert – mais avait juste disparu en faisant ce qu'il préférait entre tout : suivre mon père à travers la propriété.

J'ai regardé mon père pleurer pendant une demi-heure. C'était deux jours avant mon déploiement. Je suis resté planté à côté de lui, plus choqué et perturbé que triste. Je veux dire, j'aimais le chien, mais j'aimais encore plus mon père et je ne savais pas quoi faire pour le réconforter. Je venais d'apprendre à redresser un Star Swift après une vrille à plat dans l'atmosphère pour le remettre en orbite, mais personne ne m'avait enseigné comment prendre mon père en train de brailler dans mes bras. Personne.

J'ai battu en retraite jusqu'à la véranda et j'ai observé la scène de là. Au bout d'un moment, la colère est montée. Jamais il n'avait pleuré comme ça pour moi, pas une fois. Ni pour maman. Ni pour Shelly. Ni pour Tyrese.

Je crois que je me suis cramponné trop longtemps à cette colère. Je n'ai jamais compris sur quoi mon père versait ces larmes. Jusqu'à ce que Claire m'explique qu'il n'y avait rien de mal à se laisser aller. Quand je l'ai fait, je me suis retrouvé à mon tour en train de pleurer sur tout. Et tout le monde. Et même un peu sur moi-même.

J'aurais aimé savoir ce que traversait mon père ce jour-là. Je l'ai haï de s'épancher sur le mauvais objet. Mais je comprends à présent qu'il pleurait pour *tout* ce qui arrivait. Il pleurait pour moi. Parce que je partais à la guerre. Parce qu'il était plus que probable qu'il ne me revoie jamais.

Je pense que les freins desséchés ont brisé plus que le dos de son chien ce jour-là. Ce qui maintenait encore mon père en un seul morceau a aussi lâché d'un coup. Je l'ai ressenti. C'est quelque chose de profondément enfoui dans la poitrine qui se défait. Une cassure entre cette part de nous qui bat et celle qui respire. Pour maintenir le tout ensemble, on a besoin que quelqu'un d'aimant vous prenne dans ses bras. Mon père en avait besoin. Il en avait besoin ce jour-là, plus que de l'accolade indifférente et minable que je lui ai donnée le jour de mon départ. C'est le jour où son chien est mort que je suis véritablement parti à la guerre. Le jour où mon père avait vraiment besoin de moi. Et moi, je suis resté assis sur la véranda, à ressasser ma colère contre le monde entier.

C'est l'histoire de ma vie, je suppose : toujours au bon endroit au bon moment, sans jamais rien faire. Je reste planté là. Ou alors, je me balance dans le rocking-chair de mon grand-père. Ou je me dégotte un coin calme et sympa le long des tranchées où je peux pleurer toutes les larmes brûlantes de mon corps.

Voilà ce que Claire m'a appris : pleurer, ça n'est pas simplement ouvrir les vannes d'un traumatisme personnel afin de s'en libérer – pleurer, c'est tout autant laisser voir sa souffrance à ceux qui nous entourent. Nos larmes visent à atteindre un but, mais on les laisse rarement couler. J'ignore comment on a commencé à se détourner de ce but – peut-être à cause des brutes au lycée ou des parents qui disent à leurs enfants de ne pas pleurer en public parce que ça les embarrasse –, mais je sais qu'il faut un peu de courage pour désapprendre cette honte, qu'il faut être là pour les autres quand ils essaient de s'en débarrasser et que tout devient plus facile une fois qu'on a compris le bien que ça fait.

Tandis que je songe à tout ça, la balise 1529 emplit la verrière de mon vaisseau. Je pivote sur le côté et m'arrime au verrou magnétique qui mène au sas. Dix sur dix. Quand j'ouvre le panneau d'accès d'un coup sec, Cricket bondit à l'intérieur en cherchant Claire, qui nous crie de monter depuis le module de survie. La Nasa n'a pas conçu ces échelles en pensant aux petits amis chargés de fleurs, de chocolat et de fromage qui pourraient les emprunter. Je m'aide des coudes et me sers même de mon menton une ou deux fois. Au-dessus de moi, Cricket donne de grands coups de queue joyeux contre les pompes, les générateurs et les diverses machines qui envahissent le module exigu.

— Chérie, je suis rentré !

C'est un truc que j'ai entendu dans les hologrammes. Ça fait rire Claire chaque fois. Presque comme si elle pouvait nous imaginer partageant tous les deux une maison. Une vie normale. Sur Terre. Dès que je passe la tête au-dessus de la grille, Cricket se tourne et me lèche la figure. Si elle lit dans les pensées comme je le suppose, elle doit forcément savoir à quel point je déteste ça. Et pourtant, elle le fait quand même. Peut-être qu'elle me déteste. Peut-être que c'est pour ça qu'elle le fait.

— Non, lui dis-je, en la tenant à distance avec les lys, les fleurs de pommier poivre, les renoncules dorées à pétales géants, et trois autres variétés de fleurs non répertoriées dans les archives. Elle tourne sur elle-même avec excitation pendant que je tends les fleurs à Claire. Une des fleurs de pommier poivre est cassée et pendouille comme si elle avait renoncé à la vie.

— Pour moi ? demande Claire.

Elle essuie son front en sueur et prend le bouquet, le renifle, tente de redresser la fleur avachie.

— Ouais, et aucune n'est toxique, je crois.

Elle s'approche pour m'embrasser. Ses lèvres sentent le sel et la graisse.

— Elles sont magnifiques. Et ta balise est officiellement en quarantaine, la pire de toute l'histoire des quarantaines. Pourquoi tu ne les rapportes pas dans le vaisseau de secours ? La dernière chose dont j'ai besoin ici, c'est de mites en liberté. Ou de cafards.

— Le vendeur m'a assuré qu'elles étaient saines !

Je proteste.

Claire me décoche un regard entendu. Je lui montre le chocolat et le fromage. Le regard persiste. Comme je l'ai dit, je ne suis pas très doué pour tous ces trucs de rendez-vous galant.

— Est-ce que je dois aussi faire sortir Cricket du sas ? Elle pourrait avoir des puces.

Cricket gronde en me regardant. Claire la gratte derrière les oreilles et me jette le genre de regard qu'affichait mon commandant quand il se savait en train de donner des ordres contredisant à la fois le bon sens et les derniers qu'il avait balancés.

— Quels que soient les dégâts que ma gentille Cricket a pu faire, c'est trop tard, dit-elle en guise de réponse.

Cricket se retourne et penche la tête en entendant sa remarque, comme s'il lui paraissait inconcevable qu'elle puisse jamais causer le moindre dégât. Je les laisse et rapporte les fleurs et le reste des marchandises de contrebande dans le vaisseau de secours. À mon retour, Claire est en train de s'essuyer les mains sur un torchon et de ranger ses outils. Je lui donne un autre baiser avant de me diriger vers l'office pour préparer le dîner.

Nos journées ressemblent beaucoup à ça, tous ces petits moments ennuyeux dans les hologrammes entre deux séries de rires. On attend avec impatience que quelque chose se passe, quelque chose de vraiment drôle ou de tragique, mais ça n'arrive presque jamais. Presque jamais, mais on le sent quand même venir.

29

— Coupé ou non ? demande Claire.

Le dîner fini, nous nous sommes rendus à l'émetteur d'ondes gravitationnelles. Je suis assis, immobile, et me concentre avant de répondre. Comment est-ce que je me sens ? Tendu ? Déprimé ? Engourdi ? Satisfait ? Je veux faire ça correctement. J'essaie de prouver quelque chose. Ça fait plus d'une semaine que j'essaie de le prouver.

J'appuie ma tête contre le dôme de l'EOG, ce qui m'a toujours détendu par le passé. Je suis censé deviner si Claire l'a activé ou non (et ouais, on ne se livre à ce petit jeu que quand il n'y a pas de circulation dans les parages). Elle fait le décompte des résultats, refuse de me dire comment je m'en sors jusqu'à présent et ne veut pas que j'aie le moindre retour. Claire affirme que j'imagine les effets de l'EOG sur mon cerveau, soutient qu'elle ne ressent rien quand elle s'assied au même endroit. Mais je sais que moi, si.

— Le dôme est… activé, dis-je. Je crois. J'en suis pratiquement sûr.

— Sûr à quel point ? Elle note quelque chose sur sa tablette.

— C'est… Il y a des variables qui interfèrent.

— Du style ?

— Toi.

Et c'est vrai. Le simple fait de me trouver en sa présence ralentit mon rythme cardiaque, ma respiration devient plus profonde et plus détendue, mes membres se libèrent des tremblements et des frissons.

Claire se penche et m'embrasse sur la joue.

— Je crois que ça suffit pour aujourd'hui, dit-elle.

— Alors je m'en tire comment ?

Elle rit à ma question. Comme si j'étais plus malin que ça. Cricket enfouit sa tête dans ma paume pour me rappeler que j'ai cessé de la gratter. Je reprends.

— Je te promets que je sens la différence, dis-je. Je sais quand il est allumé. C'est tellement apaisant.

Claire pose sa tablette et prend une grande inspiration, comme si elle réfléchissait à quelque chose. Puis elle se tourne vers moi, soudain sérieuse.

— Je te crois, dit-elle. Vraiment. Je commence à te croire. Simplement, je suis curieuse de voir si c'est vraiment l'EOG ou autre chose.

— Du style… Tu crois que tout est dans ma tête ?

J'effleure le caillou pendu à mon cou. Depuis que le cargo en provenance d'Orion s'est répandu en une multitude de morceaux à travers mon champ d'astéroïdes, j'ai un peu perdu pied. Encore plus que d'habitude, devrais-je dire.

— Je ne sais pas. (Claire mordille sa lèvre inférieure.) Tu vois, je connais le spectre sur lequel agit l'EOG. En plus, ils les ont testés comme des malades pour être sûrs que ça n'avait aucun impact physiologique, sinon on ne vous laisserait pas monter ici quand ils sont en fonctionnement ni même vous en approcher…

— Peut-être qu'il y a quelque chose qui déconne chez *moi*, dis-je.

Claire hoche la tête.

— Peut-être.

Dieu sait comment, elle passe à côté de la perche évidente que je lui tends en allant à la pêche au compliment, ou au réconfort. Merde – je serais content de pouvoir souffler un peu avant d'admettre qu'effectivement, il y a peut-être quelque chose qui déconne dans mon cerveau.

Puis sa réponse m'atteint brutalement, comme une grenade à fragmentation dont on aurait réglé le délai d'explosion au maximum. Je comprends enfin qu'elle est en train de partager avec moi les résultats de nos tests, qu'elle est en train de reconnaître que je les ai presque tous réussis.

— Alors je m'en suis plutôt bien tiré ? dis-je.

Sinon, pourquoi s'inquiéterait-elle pour moi ?

Claire se mord la lèvre.

— Bien comment ? J'en ai raté beaucoup ?

Elle jette un coup d'œil à sa tablette. Se mordille encore la lèvre. Elle ne s'inquiéterait pas à mon sujet si je n'avais pas réussi au-delà de toutes les espérances. Si ça n'était pas vraiment significatif au niveau statistique. Je tends la main vers la tablette.

— Je peux voir ? S'il te plaît. Allez, Claire.

Elle comprend que c'est important pour moi. Cricket me lèche le bras quand je me penche pour prendre la tablette des mains de Claire. Un tableau apparaît sur l'écran. Je le fais défiler vers le haut, vois qu'elle a coché tous nos rendez-vous d'après dîner, et il me faut un moment pour visualiser les cases où devraient se trouver les croix. Parce qu'il n'y en a aucune. J'ai réussi chaque fois.

Je ressens un immense soulagement. Je suis peut-être dingue, mais je ne m'étais pas trompé. J'ai toujours su que l'EOG me faisait planer, et j'ai toujours pensé qu'il en était de même pour les autres, mais Claire m'a fait marcher un moment. Elle m'a vraiment fait croire que c'était le simple fait de m'asseoir tranquillement et de *penser* que ça fonctionnait qui me calmait.

— Ça vient peut-être d'un truc auquel tu aurais été exposé dans les tranchées. Une toxine…

J'acquiesce. C'est probable. Dieu sait que j'ai inhalé suffisamment d'atmosphères extraterrestres et de mitochondries. Impossible de dire ce qui m'est passé dans les poumons. Je n'ai jamais attrapé la maladie de Nile ou la toux bleue, comme nombre de soldats, mais j'ai peut-être un truc que les médecins ont raté.

— Ou alors, c'est neurologique, propose Claire.

Elle essaie de résoudre le problème de la même façon qu'elle accorde les balises pour les rendre fonctionnelles. En regardant à nouveau la tablette – qu'elle utilise aussi pour les réparations des balises –, je me demande jusqu'à quel point son attirance envers moi n'est pas liée au fait que je sois déglingué. Je me demande ce qu'elle fait ici. Pourquoi elle est restée. Comment la Nasa a-t-elle pu autoriser une accordeuse à devenir aiguilleur de l'espace ?

— Neurologique comment ?

— Eh bien, c'est juste que… Il s'agit peut-être plus d'une expérience traumatique que d'un corps étranger. Tu présentes tous les signes du… enfin tu vois…

— Pied des tranchées, dis-je. Effet de souffle. Lassitude de la guerre. Syndrome du soldat…

— Du stress post-traumatique, finit Claire en optant pour le terme clinique plutôt que descriptif.

Un tas de vérités obscènes se cachent derrière ces syllabes proprettes.

— Quel est le rapport ?

Claire hausse les épaules.

— J'en connais probablement autant sur le fonctionnement des EOG que sur ceux qui les ont inventés, et rien de ce que je sais ne peut expliquer que tu ressentes quelque chose à leur contact.

— Est-ce que je dois m'inquiéter ?

J'ai l'impression que c'est le cas. Claire est beaucoup plus intelligente que moi et elle semble inquiète. Elle pose sa main sur mon bras et arbore un vaillant sourire, celui qu'elle se plaque sur le visage pour masquer son inquiétude à mon sujet.

— Ça va aller, dit-elle. On va trouver d'où ça vient, toi et moi. Tout va parfaitement bien aller.

Mais je sais qu'elle se trompe. Je le sais grâce à l'homme qui m'a vendu les fleurs et le chocolat et le fromage. Je sais que quelque chose de mauvais se prépare. Je sais que c'est tout proche. Des rumeurs circulent sur deux flottes qui seraient en train de se regrouper de chaque côté de cette branche de la galaxie, sur la flotte interstellaire qui rassemble tous ses vaisseaux, et sur les Ryphs qui tiennent tous les leurs en réserve, et personne ne sait si tout ça est vrai, mais on a tendance à croire et à propager le pire de ce qu'on entend. Il est tellement plus facile d'adhérer au pire.

Je ne sais que croire. J'ai appris à douter de moi-même. J'ai besoin de preuves. De faits concrets. Comme le bruit de l'alarme de proximité qui commence à beugler doucement. Dans la balise de Claire, elle sonne toujours comme les anciennes sirènes d'alerte antiaérienne qu'utilise l'armée. On a un visiteur. Et ça n'a rien d'une coïncidence si les catastrophes arrivent au moment où j'y pense. Absolument rien. Parce que ça fait plus d'un an à présent que j'y pense. Je savais que ça arriverait avant de travailler ici, dans le secteur 8. Je le savais, parce qu'il n'y a aucun moyen d'y échapper. La guerre finit toujours par nous rattraper – ce n'est jamais qu'une question de temps. Et à l'instant même, par-delà notre hublot, ce temps est venu.

30

Les vaisseaux à peine arrivés, l'un d'eux explose. Ça va tellement vite que je pense tout d'abord à une collision. Un navire qui n'était pas dans notre planning a tenté de se frayer un chemin à vingt fois la vitesse de la lumière et trouvé une mort désastreuse parmi les astéroïdes. Je ressens même une pointe de culpabilité – peut-être la balise de Claire ne fonctionnait-elle plus pendant notre petite expérience –, même si j'ai eu l'impression contraire, et de toute façon, la mienne aussi était active. Donc, ça ne peut pas être ça.

Cette pensée et d'autres me tournent dans la tête durant la poignée de secondes que mettent les combustibles du vaisseau à s'embraser et à se dilater en une boule de feu orangée avant de retomber, parfaitement immobiles.

Apparaît alors un Faucheur ryph, un des plus grands croiseurs ennemis, ses bras dépliés vers l'avant constellés de capsules laser et de points d'ancrage pour missiles. La terreur du cosmos. Le seul vaisseau devant lequel je me sois incliné. De l'étoffe dont sont faits les pires cauchemars. *Mes* cauchemars.

Cricket bondit de mes genoux et se met à gronder en griffant le hublot. La main de Claire s'enfonce dans mon bras. Mis à part ce geste, on est cloués sur place, observant le vaisseau visible à travers le hublot. Visible parce qu'il vient directement sur nous.

— On y va, on y va !

J'essaie de ne pas hurler, de rester calme. J'ai à peine eu le temps d'entrevoir le navire qui a explosé mais on aurait dit un Talon de la flotte interstellaire. Ils devaient se poursuivre à travers l'hyperespace pour avoir émergé de cette manière, l'un au-dessus de l'autre. La guerre est là. Elle est vraiment *là*, putain. Et on est des cibles faciles. Aussi visibles que le nez au milieu de la figure.

Claire se jette dans le toboggan qui mène au module de commande. Je fais passer Cricket devant moi et regarde sa queue qui gifle le vide et ses pattes qui balaient les parois, jusqu'à ce qu'elle atteigne la gravité à l'autre bout. Je suis juste derrière.

— Vaisseau de secours, dit Claire en se précipitant vers l'échelle.

Je cours jusqu'au TextExp et expédie un court message à Houston : *attq*. Je laisse les voyelles de côté parce qu'on n'a pas le temps, pas à cause du règlement. Puis je me lance à la poursuite de Claire en me demandant par quel miracle nos deux vaisseaux de secours pourraient être plus efficaces que la balise. Il n'existe pas de navire capable de distancer un Faucheur. J'attends que l'alarme signale l'arrivée de nouveaux vaisseaux entrants. De notre flotte ou de la leur. La seule chose qui peut nous sauver, c'est que la flotte se ramène. Comment se fait-il qu'elle ne soit pas déjà là ?

On descend les échelles le plus vite possible. La tentation de courir jusqu'à un hublot pour avoir le Faucheur en visuel est irrésistible. Ne pas voir où il se trouve rajoute à la terreur que nos vies puissent s'arrêter d'une minute à l'autre – un éclair de plasma et nos atomes se confondront avec le vide spatial.

Une autre échelle. Le module d'habitation de Claire. Le lit où nous avons fait l'amour la première fois. Une poignée d'affaires m'appartenant. Des vêtements que je laisse ici, soigneusement pliés à côté des siens. Un creux en spirale au milieu du lit, l'empreinte de Cricket. Tous ces petits signes d'une vie confortable et heureuse traversent en un éclair ma vision périphérique. Des choses que je ne reverrai plus jamais. Des choses que je ne ressentirai plus jamais. Je suis de retour au front. De retour dans les tranchées. Je pense à la maison. Je me languis de la maison.

Je suis Cricket qui continue à descendre, effectuant en une glissade ce qu'elle franchit d'un bond. Pas d'arme, pas de vaisseau d'attaque, aucun moyen de nous défendre. Mais je suis en train de concocter un plan, un de ces plans désespérés, un moyen de m'assurer que Claire et Cricket sortent d'ici vivantes.

Avant de continuer, j'attrape au passage la plus grosse clé à molette de la boîte à outils. Je descends la dernière échelle plus lentement, une main sur les barreaux, l'autre qui tient l'outil pesant. Je saute les cinq derniers barreaux. Claire est déjà dans son vaisseau de secours et me crie de monter à bord. Cricket attend dans le sas et me regarde par-dessus son épaule, la queue entre les jambes, consciente de notre peur. Tout ce qu'elle sait, c'est que ses compagnons humains sont mortellement effrayés.

— Vas-y, dis-je, en faisant un geste vers elle.

Elle hésite. Elle sait ce que j'ai en tête.

Je la pousse par-derrière.

— Allons-y.

Je m'imagine en train de monter à bord. J'essaie d'y croire. Pour que Cricket y croie aussi.

Je pousse, Claire tire, et on réussit à la faire entrer dans le vaisseau. Je ne songe même pas à un dernier baiser. Trop de choses se bousculent dans mon esprit. J'ai passé trop de jours dans un sas identique à imaginer semblable destin, mais jamais dans un but aussi noble. Je referme la porte extérieure du vaisseau puis celle de mon sas et désengage le navire du collier d'arrimage. Brandissant la clé comme une batte de base-ball, je l'abats violemment sur le panneau de contrôle. J'entends un craquement puis perçois le sifflement, les étincelles et l'odeur d'un court-circuit électrique. J'entrevois Claire qui me regarde fixement à travers le hublot du vaisseau qui commence à s'éloigner.

Je laisse tomber la clé et cours jusqu'à mon propre vaisseau de secours. Je sais que le son ne voyage pas dans l'espace. Je le sais. Je sais que mon animal de compagnie et mon amante – mes deux meilleurs amis dans le cosmos – sont en train de s'éloigner. Mais je jurerais que je peux entendre Cricket hurler à la mort. Je jurerais que je peux entendre Claire me demander à quoi je pense. Mon warthen est télépathe, alors je ne suis pas étonné d'entendre sa voix.

Quant à Claire, ce ne serait pas la première fois sous pression que j'imagine des choses.

Je me désengage de la balise et pivote pour scruter les environs. Je lève le bras et allume la radio.

— Claire, tu es là ?

— Je suis là. Qu'est-ce que tu fous, bordel ?

Sa voix est une explosion de parasites et de colère. C'est le soldat que j'entends en elle et non plus l'accordeuse. Difficile de croire à ce qu'on a été quand on nous voit à présent.

— Écoute attentivement, dis-je.

Je regarde le Faucheur approcher. Il se dirige toujours vers la balise. J'allume la propulsion et fonce vers lui.

— Je veux que tu mettes le cap sur l'astéroïde le plus balèze et le plus proche que tu puisses trouver. Arrime-toi à lui avec les pinces et verrouille ton vaisseau. Attends la flotte interstellaire. Coupe la radio. Reçu ?

— Qu'est-ce que tu fais ? insiste Claire.

Et je me rends compte que ce ne sont pas des parasites que j'entends. C'est Cricket. Qui siffle et qui gronde.

— Vas-y maintenant. Avant que d'autres Ryphs n'arrivent. Je t'en prie. Vas-y.

Les larmes coulent sur mes joues à l'idée qu'il puisse leur arriver quoi que ce soit, à elle ou à Cricket. Le Faucheur rectifie sa trajectoire et se dirige vers les capsules de secours. Je n'ai ni les propulseurs suffisants ni le système de contrôle par réaction pour déjouer sa manœuvre. Je n'ai pour seule arme que mon désespoir. Une main ferme sur le manche, je m'apprête à esquiver les tirs à venir, mais l'ennemi sait que je ne représente aucune menace. Il continue à foncer. Je fais de même pour l'intercepter. Sur mon scanneur, je vois que Claire vole elle aussi à toute vitesse et se dirige vers les astéroïdes. En bon soldat. Elle sait qu'il n'y a pas moyen de m'arrêter et que ce ne sera pas le genre de film dans lequel le héros et la fille s'avouent leur amour pendant que les méchants attendent patiemment un finale grandiose. Ni le genre de film où on a le temps de s'asseoir, cloué sur place. Il n'y aura même pas de héros dans ce film. Juste deux personnes au mauvais endroit au mauvais moment.

Je rectifie ma trajectoire pour donner l'impression que j'essaie de me glisser le long du Faucheur et de m'échapper. Histoire que Claire ait davantage de temps. Une cible en plus. Je sais pourquoi les Ryphs sont là : j'ai participé à des raids similaires dans l'autre camp. Ils vont détruire une des balises et barder la seconde d'explosifs. Ou les deux. Mais ils en garderont au moins une pour pouvoir contrôler cet espace aérien. On utilisait la même tactique dans les guerres avant, quand les ponts étaient à la fois convoités et constellés de charges explosives. Impossible de traverser ce secteur sans une balise. Les Ryphs doivent avoir piraté notre fréquence d'émetteur gravitationnel, tout comme nous avons piraté la leur. Je pense comme un soldat, pilote comme un aviateur, et concocte des stratégies comme un homme amoureux.

Le Faucheur déboule dans ma direction. Toujours aucun tir. Claire est à mi-chemin du champ d'astéroïdes. Juste avant de croiser le vaisseau ennemi, je fais un écart et tente de le bloquer. Le pilote est vif, il dégage sur le côté, hors d'atteinte, mais je pivote et effectue une rotation tout en fonçant vers lui. Je déploie au maximum le bras destiné à ramasser des échantillons pour donner le plus de longueur possible à mon appareil, je veux juste toucher le Faucheur, entrer en contact avec lui à pleine vitesse, pour que cette brute sache que je représente une menace, qu'il se concentre sur moi…

Il y a un gros bruit métallique quand le bras heurte l'aile arrière du Faucheur. Un vacarme. Je suis projeté dans la verrière latérale, les harnais merdiques de la Nasa, non prévus à cet effet, ayant lâché. Je vois des petites étoiles partout. Puis j'entends un sifflement. Une alarme qui se déclenche quand la cabine commence à se dépressuriser. Le froid s'infiltre à l'intérieur. Rupture de la coque. Le vaisseau part en vrille dans l'espace et les constellations se brouillent, et durant le bref instant de lucidité qui me reste, je me demande si j'ai réussi à causer plus de dégâts à mon ennemi que l'inverse. Je l'espère de toute ma fureur, avant qu'un panneau étanche ne cède et que l'air pressurisé ne s'échappe à l'extérieur, m'aspirant avec lui.

Dès que je me retrouve catapulté à travers la coque éventrée parmi les étoiles solitaires et silencieuses, mes poumons commencent à me brûler. Il paraît qu'on peut survivre près d'une minute dans le vide glacial de l'espace si on retient sa respiration. Des larmes gelées vitrifient ma vision et je me demande pourquoi on voudrait essayer.

31

Chaque matin est comme la vie après la mort. Chaque soir, je meurs à nouveau dans les tranchées, au milieu des tirs d'artillerie cauchemardesques qui font mouche. Me réveiller tous les jours est une surprise. Me lever un miracle. Respirer une autre bouffée d'air un cadeau qui s'impose à moi et sur lequel je n'ai aucun contrôle.

Mes yeux s'ouvrent en papillonnant puis s'arrêtent sur un vieil homme debout devant un phare, avec une vague gigantesque qui vient se briser tout autour de lui. Je sais ce qu'on ressent. Cet homme semble ne pas avoir conscience de ce qui se prépare mais moi je crois qu'il sait. Et que, peut-être, il est indifférent à tout ça. À mon avis, ce n'est pas de l'ignorance sur son visage barbu et buriné ; je pense plutôt qu'il s'agit de résignation.

Un Lord ryph passe devant moi et me bouche la vue. Il semblerait que je sois un des rares qui ait jamais pu en approcher un d'aussi près et s'en soit sorti pour le raconter. Et voilà que ça recommence. La vie s'avère pleine de coïncidences de ce genre, jusqu'à ce qu'on comprenne comment tout s'emboîte.

— Tu es réveillé, dit quelqu'un.

Je reconnais la voix. C'est Rocky. J'essaie de lever les bras pour toucher le caillou sur son lacet, ce petit morceau d'astéroïde que j'ai découvert parmi les débris du cargo accidenté, mais je suis ligoté. Mes poignets sont attachés à mes genoux, eux aussi entravés. Impossible de bouger.

L'ombre du Ryph plane au-dessus de moi. J'ai la gorge en feu, peut-être parce que j'ai agonisé là-bas, parmi les étoiles. J'essaie de me concentrer sur Claire et Cricket. Je devrais me souvenir de quelque chose, une image d'elles en route pour la sécurité qui prend peu à peu forme dans le cosmos, mais je suis incapable de me rappeler si elles ont réussi. La seule chose qui m'importe à cet instant précis, c'est de savoir si elles sont en vie. Je veux que la flotte interstellaire vienne les secourir. Je me cramponne à cette idée, tente d'ignorer les voix de ma folie. Je m'ingénie à visualiser mon amour et mon animal bien-aimé à l'abri dans un lieu éloigné, un lieu que la guerre n'atteindra jamais…

— Yo, connard, je te parle.

— Ta gueule, Rocky.

J'ai la voix rauque. Je devrais être mort. Je voudrais être mort. J'aurais déjà dû mourir un millier de fois. Incapable de bouger, je sens mon cœur qui s'emballe, malgré la proximité de l'EOG. Ainsi donc, ce n'est pas le fait d'être assis immobile qui détend, c'est le fait d'être assis immobile *volontairement*. On ne peut pas forcer une âme à guérir en l'épinglant. Il faut la convaincre de rester tranquille et de se calmer. Il faut qu'elle le veuille.

— Je dirais que c'est plutôt important, insiste Rocky.

Sa voix semble flotter jusqu'à moi, mais je sais que tout est dans ma tête. J'entends des voix dans mes rêves. On en entend tous, non ? Nos cerveaux peuvent nous leurrer. Le mien me rend ridicule.

Le Lord déplace sa masse imposante d'un pied sur l'autre. Les Ryphs sont bipèdes, comme toutes les races douées de sensibilité que nous connaissons, avec une peau semblable à celle des requins sous leurs combinaisons de vol et de combat. Leur visage coupé en deux par une fissure verticale laisse voir des rangées de dents acérées. Les yeux se trouvent de chaque côté et s'enfoncent dans mon crâne. Deux mains pourvues de trois griffes sont serrées comme des poings. Ils possèdent des muscles d'acier. Les plus grands et les plus cruels des Ryphs, les Lords, ne se font jamais prendre vivants, et rarement entiers. Je ne comprends pas ce qu'attend celui-là. Me tuer. Ou me détacher afin que je puisse le faire moi-même.

— Arrête de m'ignorer, lance mon caillou apprivoisé.

— Pas maintenant, Rocky.

— Ouais t'as raison, pas maintenant. Comme si j'étais ravi de ce qui se passe. J'ai pas plus besoin de ce type qui nous surveille que du trou que tu m'as fait dans la tête. Et d'ailleurs, c'était quoi ça ?

— Tu n'es pas réel.

— Laisse tomber. Ce type a une faveur à te demander. Alors ouvre bien les oreilles et écoute. Écoute et je la boucle.

Je regarde fixement le Lord. Mon esprit s'éclaircit un peu. Je me rends compte que chaque instant gagné joue en faveur de Claire, de Cricket, et de la flotte interstellaire. Peut-être que ma mort peut attendre un peu. Peut-être que ces dernières minutes peuvent servir un but plus important.

— J'écoute, dis-je.

— Écoute mieux, insiste Rocky.

J'attends. Je sens le vrombissement des machines quelque part au loin dans la balise. Je perçois le ronronnement d'une pompe tout en bas dans les modules d'habitation. J'entends Rocky respirer, comme si les cailloux pouvaient respirer. Et tout à coup, le murmure me parvient, telle une voix rauque catapultée à travers le cosmos comme une graine de pissenlit dans la brise, un sifflement par-delà le vide, un simple mot en deçà des sens, trop assourdi pour pouvoir le saisir, comme un élancement dans les os, des neutrons qui dansent à la surface de mon crâne…

salut

C'est plus faible que mes voix imaginaires et pourtant, d'une certaine façon, plus réel. Plus convaincant. Rocky retient son souffle. Je sens l'engourdissement bienvenu de l'EOG qui s'insinue en moi.

— Salut. Je murmure en retour. Le mot ne sort pas de ma bouche, résonne dans ma gorge sans franchir mes lèvres. Un mot pensé.

souviens-toi de moi

Ce n'est pas une question mais un ordre. Une supplique désespérée. Comme les morts qui voudraient qu'on se souvienne d'eux. Les trisaïeuls qui voudraient qu'on connaisse leur nom. Pas les héros de guerre bardés de médailles, non, mais les obscurs, ceux qui ne se sont pas battus. Ceux qui sont morts tranquillement entourés de leurs proches et ont été mis en terre à quelques brasses de profondeur plutôt que ramassés à la petite cuillère dans des tranchées de plusieurs kilomètres.

Le Lord s'approche de moi le poing ouvert, ses griffes effrayantes aiguisées comme des rasoirs. Il empoigne ma chemise et me la remonte autour du cou sans ménagement, mais presque comme si des bras aussi puissants ne pouvaient faire autrement.

Une peau d'alien entre en contact avec ma chair, mes cicatrices dérisoires et noueuses, la paume du Ryph repose à plat sur mon estomac. Je baisse les yeux. Sa main recouvre les trois sillons qui mènent à mes bourrelets de chair réparés chirurgicalement. Elle les recouvre parfaitement.

souviens-toi de moi

— Je me souviens de toi, dis-je, les mots coincés dans la gorge. Je sais que je suis mort et que rien de tout cela n'est réel, mais on n'échappe pas aussi facilement aux cauchemars. Dans les rêves, les hommes sont libres, pas dans les cauchemars. Il m'est aussi difficile de me défaire de mes liens que de m'échapper. Je suis revenu sur Yata, sous la grande ruche des Ryphs, seul survivant de mon unité, assis devant la bombe que nous avions transportée durant des kilomètres infernaux. Mais je ne la déclenche pas. Et ensuite, un Lord m'ouvre en deux. C'est la dernière chose que je me rappelle.

— Je me souviens, dis-je dans un souffle. Je fais à peine plus que penser ces mots. Il s'agit du même Lord. Il est revenu finir ce qu'il avait commencé.

regarde

Je ne sais pas ce que je suis censé regarder. Le Lord lève la main et presse sa paume contre mon visage. Je ne comprends pas comment je peux voir quelque chose. Rocky me donne un conseil.

— Ferme les yeux, connard.

Je souris. Je me sens grisé par l'EOG. Et Rocky semble toujours fâché à cause du trou que je lui ai percé dans le crâne. Je ne l'ai fait que pour le garder près de moi. Sinon, je l'aurais perdu. Doit-on blesser ceux qu'on aime pour les garder près de soi ?

Une fois les yeux fermés, je vois le Lord debout devant moi, exactement dans la même position, mais avec les mains le long du corps. Et pourtant, je sens encore la sienne sur mon visage. Mon esprit se détend. Je ne lutte plus contre la vie. C'est contre elle que nous luttons. Et non la mort. Nous luttons contre la vie. Je lâche prise et entends Rocky sourire.

Ta camarade de guerre, celle qui est venue ici de notre part, elle est morte.

Les paroles du Lord me parviennent plus clairement à présent. Et je vois défiler des images de Scarlett, mon ancien amour des tranchées, qui est venue jusqu'à ma balise, m'a tenu des propos incohérents avant de mourir dans mes bras, et dont le corps sans vie a été emporté par une chasseuse de primes tout en noir qui n'a jamais prononcé un seul mot.

Je pense tout cela et, en le pensant, je le dis. Je dis le nom de Scarlett.

La guerre arrive, continue le Lord.

— Je sais. Elle finit toujours par arriver. Mais vous pourriez arrêter. Vous n'avez pas besoin de venir nous chercher.

On doit arrêter ensemble. On est les seuls à pouvoir arrêter ça. Tu es le seul à pouvoir arrêter ça.

La folie de Scarlett a dû réussir à se glisser dans mon esprit. Ses inepties se mélangent au reste.

Une immense flotte est en route pour en écraser une autre. Elle va passer par ici. Tu ne le permettras pas.

Je perçois plus que les simples mots du Ryph ; je perçois ses pensées. Sa vision. Je vois des vaisseaux en nombre incalculable. Ils se sont rassemblés sur la moindre lune, la moindre planète, se sont mis en route de façon précise et échelonnée, afin de tous se rencontrer au même moment et de concentrer des millions de lasers de faible intensité sur un unique cancer, prêts à trancher dans le vif et à le libérer.

Je vois des secrets mis à nu, des secrets que connaît l'ennemi. Une invasion de masse qui ne trompera personne. Je comprends pourquoi aucun navire n'est venu nous secourir – parce que ça aurait mis la puce à l'oreille de notre ennemi. Je comprends pourquoi le Ryph veut détruire ma balise. Je comprends pourquoi la Nasa en a envoyé une deuxième, parce que l'invasion était trop importante à leurs yeux. Je comprends pourquoi on m'a expédié ici, non pour se débarrasser de moi, mais pour y être déployé. Je ne sais que croire.

Toi et moi, on est pareils, pense le Lord à mon intention. *Toi et moi et ta compagne de guerre et de nombreux autres. Ceux qui ne veulent pas se battre.*

Qui veulent épargner des vies. Qui détestent la guerre. Les tristes soldats.

Qui êtes-vous ?

Je ne fais même plus semblant de parler. Je pense. Je ressens un lien profond, comme celui qui m'unit à Cricket, et d'autres révélations me tombent dessus, d'autres questions. Qui est le télépathe ? Moi, peut-être.

Il y a des gens qui souhaitent la paix parmi ceux de mon peuple, des gens comme moi. Pas assez nombreux pour prendre le contrôle. Mais prêts à frapper. On avait des plans avec ta compagne. Une brusque désescalade de la guerre. Une brusque diminution des navires de combat.

Diminution. Mettre un terme soudain à la guerre. Bien que voyant le Ryph, je sens toujours sa paume sur mon visage, l'arrière de mon crâne appuyé contre l'EOG. Savoir que je suis déjà mort m'apaise. Claire et Cricket vont bien. Claire et Cricket sont quelque part dans les rochers, planquées.

Claire et Cricket sont ici dans l'EOG, avec moi.

Je les visualise, parce que le Lord est au courant pour elles deux. Elles sont derrière moi, attachées et bâillonnées de l'autre côté du dôme, sous la surveillance d'un autre Lord.

Je sais qu'elles sont là.

J'entends leurs pensées, leur esprit qui frissonne, leur terreur et leur peur.

Aucun de nous n'est en sécurité.

Je pleure dans la paume de mon ennemi.

32

Je hurle en silence.

“Laisse-les partir.” Je pense ces mots en les hurlant. Je les pense, les hurle, à nouveau :

— Laisse-les partir, espèce de fils de pute !

Tu es le seul à pouvoir mettre un terme à tout ça.

J'ouvre les yeux et tourne la tête de droite à gauche, essayant de me libérer de la main du Ryph. Les griffes sont rentrées. Je me contorsionne comme je peux pour voir si Claire est vraiment là. Je sens qu'elle est là, comme on peut sentir une présence dans une pièce obscure. Mes hallucinations s'immiscent dans le monde de l'ouïe et de la vue. Le deuxième Ryph apparaît. Les deux aliens se dévisagent et communiquent entre eux par la pensée. J'entends siffler une langue inconnue. Je ne saisis que des ébauches de sens, des choses qu'ils visualisent. Ils se querellent. L'un d'eux a peur. L'autre dégage une aura d'espérance. Je sens que Cricket est là, dans mon esprit. Est-ce à travers elle que nous communiquons ?

Émissaire parmi les émissaires. L'EOG, et mon warthen, et mon caillou apprivoisé, et quelque chose que Claire a libéré dans ma poitrine trop comprimée.

— Laisse-les partir et je ferai ce que tu veux, dis-je.

Les mots prennent forme dans les airs et dans nos esprits. Je sens comment donner corps aux pensées afin qu'elles s'énoncent clairement. Je réalise que leurs voix n'étaient que de simples murmures dans mon esprit et que, de la même manière, mes paroles n'étaient que de simples murmures dans les leurs. Mais je crie à présent. Je sens Cricket en moi, qui m'encourage d'un grognement malgré sa peur. Je la réconforte en retour.

— Laisse-les partir.

Un des Lords disparaît de mon champ de vision mais je le perçois toujours. Je visualise son esprit derrière moi. J'appréhende le cosmos à travers l'EOG. L'autre balise, les astéroïdes, et le calme qui règne au cœur de l'espace désert. Le Lord réapparaît avec Claire. Il la force à s'agenouiller, corps avachi, regard au sol. Elle a une ecchymose sur la joue et son survêtement est déchiré, preuves que mon joli soldat a lutté.

Le Lord lui enlève son bâillon pour qu'elle puisse parler.

La rage me consume.

Impossible de la leur cacher.

Les aliens se regardent, me regardent, et il me semble que je devrais être capable de me débarrasser de mes liens et de me jeter sur eux pour détruire l'indestructible. Je ne suis que fureur, peur et chagrin. Je veux juste prendre mon amour dans mes bras, la protéger de mon corps, et que ceux qui lui veulent du mal meurent, meurent, meurent, meurent.

paix

Ce mot ne peut entrer en moi.

Paix.

Je suis incapable de l'entendre en voyant Claire souffrir.

Paix.

Je n'en veux pas.

Je t'en prie…

Claire lève les yeux, me voit et me sourit. Elle a du sang le long des gencives et sourit malgré la douleur.

— Eh, lance-t-elle en silence. Je t'aime.

Je l'inonde d'amour en retour et la vois tressaillir sous le choc. Tellement de choses en même temps. Des sentiments sans forme. Des pensées sans paroles. Comme quand Cricket enfouit sa tête au creux de mon bras. Qu'elle me lèche la joue avant que je puisse l'arrêter.

— Pas de léchouilles, ai-je répété encore et encore. Aussi inutile que si Claire m'intimait l'ordre de ne plus l'aimer. Comment cesse-t-on d'aimer ? On ne peut pas. Et la guerre me traverse. La rage se dissipe. Elle a disparu. Les Lords semblent se détendre.

— Pourquoi ne nous ont-ils pas tués ? demande Claire d'une petite voix. Elle a les mains ligotées devant elle et je vois qu'il lui manque un ongle, que du sang lui coule jusqu'au coude.

Je lui réponds tandis que les pensées circulent entre les Lords et filtrent à travers moi.

— Ils veulent qu'on extermine notre propre flotte, dis-je, aussi stupéfait que Claire d'entendre ces mots quitter mes lèvres et de les analyser en même temps qu'elle. On a planifié une invasion qui doit passer par ici et ils me demandent d'envoyer les vaisseaux s'écraser sur ces astéroïdes. Ils veulent que je coupe l'EOG à 1 h 12.

Claire, les chevilles attachées, se balance d'un genou sur l'autre jusqu'à ce qu'elle soit près de moi. Les Lords la laissent faire. Elle pose sa tête sur ma poitrine, s'effondre contre moi et frissonne un moment avant de reprendre ses esprits.

— Pourquoi ils ne le font pas eux-mêmes ? Qu'est-ce qu'ils attendent ?

— C'est à *moi* de le faire, dis-je.

Je crois que je comprends ce que voulait Scarlett et ce que veulent ces Ryphs. Qu'on leur prouve l'impossible. Qu'on rentre les griffes. Pour vérifier qu'on a notre libre arbitre, qu'on n'est pas simplement des animaux en guerre. Me reviennent à l'esprit les romans qui avaient en fait été écrits par mon ennemi. D'après Scarlett, les envahisseurs, c'était nous. Et c'est exactement ce que nous sommes.

— Ne les laisse pas se servir de moi, murmure Claire. On est déjà morts. Ne t'avise pas de les laisser se servir de moi pour te pousser à faire ça. S'ils ont peur de notre flotte, ils n'ont qu'à récolter ce qui leur arrive dessus, bordel !

J'observe les Lords pendant qu'elle parle. Ils ne bougent pas. Ils nous observent. Au moins cette conversation avec Claire est-elle réelle. Les pensées qui arrivent juste après le semblent tout autant.

— Ils veulent un échange, dis-je. Mais tu ne fais pas partie du marché.

— Je les emmerde, siffle Claire entre ses dents.

J'observe fixement les Lords. Ils me parlent. Je leur réponds. Je leur dis que je comprends, mais que je ne les crois pas. Que je ne le ferai pas. Qu'ils vont devoir nous tuer tous les deux. Que rien de tout cela n'a de sens.

souviens-toi

Je me souviens du jour où j'ai été incapable d'éliminer la ruche. Le jour où j'ai gagné ma médaille. Le jour où on m'a ouvert le ventre et que j'ai saigné sur un sol inconnu. Le jour où les Ryphs se sont retirés sans que personne ne sache pourquoi.

Je me rappelle avoir tenu Scarlett dans mes bras pendant qu'elle mourait. Avoir senti la vie se retirer de son corps. Elle était venue me dire tout ça. Elle était le messager. Je sens ce qu'il en a coûté à ces deux Lords pour arriver jusqu'ici. Ce qu'ils ont enduré. Rebelles dans les deux camps, factions qui veulent mettre un terme au cycle de la violence, aux profits et aux voix électorales qu'engendrent les guerres. Je sens un abîme d'incompréhension aussi grand que celui qui existe entre mon warthen et moi. Des consciences étrangères les unes aux autres. Qui ne savent que se méfier de la différence, que tuer l'autre. Tout ce qui est considéré comme *autre*.

— Ils sont sérieux, dis-je à Claire. Notre flotte va passer par ici aujourd'hui. Je le sens. La guerre arrive et ils veulent que j'y mette un terme. Ils veulent que *nous* y mettions un terme. On doit le faire de nos propres mains, tu ne vois pas ?

Claire se redresse et s'assied à côté de moi. Elle pose ses mains sur les miennes, attachées à mes jambes. J'enroule un de mes doigts autour d'un des siens.

— Ils se servent de toi, dit-elle. Ne les laisse pas faire.

J'écoute. Je fais un effort pour tout entendre. Ce n'est pas moi qui suis télépathe et ce n'est pas mon warthen non plus. Nous le sommes tous. Mais cette faculté est enfouie sous une croûte, comme la honte de pleurer devant des garçons plus âgés. Nous la protégeons. Nous n'osons pas partager, alors nous n'osons pas entendre. Claire avait raison : quelque chose m'est bien arrivé dans les tranchées. Quelque chose m'est arrivé le jour où j'ai refusé de déclencher cette bombe. J'avais vu trop de gamins comme moi mourir pour rien et je pouvais sentir et entendre toutes ces consciences à naître, pas encore couvertes de cicatrices, encore capables de prêter l'oreille au cosmos de la même façon que l'EOG, qui m'imploraient de ne rien faire. Qui demandaient la paix. Et je la leur ai donnée.

Les Ryphs possèdent quelque chose de cette faculté. Les warthens aussi. Cette immense empathie. Cette sensibilité. Cette blessure ouverte.

— Il y a des gens dans les deux camps qui veulent que cette guerre s'arrête, dis-je à Claire. Il y a des Ryphs qui sont malades de tout ce carnage, comme moi. Certains d'entre eux sont haut placés. Je crois que ce type, le plus grand des deux, est un prince, ou un truc du genre. Il y en a d'autres. Mais si peu. Sans armées. Juste des civils. Des pacifistes honteux. Et même ceux qui ont le pouvoir et veulent mettre un terme à la guerre ne font pas confiance à l'autre bord. Il n'y a aucun moyen de faire marche arrière. Rien qui puisse convaincre les deux camps.

— De quoi est-ce que tu parles ? demande Claire.

— D'un échange. Un troc équitable. Un geste envers ceux qui ne veulent plus se battre, d'un camp envers l'autre.

— Que veulent-ils que tu fasses ?

— Je te l'ai dit, ils veulent que je détruise notre flotte. Et ensuite, ils feront de même avec la leur.

33

Deux cent vingt millions de vies – l'équivalent d'une planète colonisée, hommes et femmes – qui foncent dans l'espace.

Je les sens.

J'effleure le bouton qui va les détruire.

Des câbles courent jusqu'au dôme qui m'apporte la paix.

Pendu à mon cou, un petit caillou tremble de peur.

— Tu es sûr de ce que tu fais ? demande Rocky.

Il sait bien que non.

Sur le mur, une horloge décompte les minutes. Il y a aussi la photo d'un gardien de phare. Lui et moi, on surveille des rochers. On laisse passer des navires sans songer à ce qu'ils transportent.

Au fond de moi, je sais que je ne vais rien faire. J'ai déjà connu ça, le pouvoir d'exterminer. Je garde ces pensées profondément enfouies pour éviter que les Ryphs ne les perçoivent. Un des Lords me surveille. L'autre a raccompagné Claire à sa balise. Il y a un deuxième interrupteur relié à son EOG et un doigt qui plane au-dessus avec un ongle arraché. Ça n'arrivera pas. Les derniers mots de Claire résonnent encore à mes oreilles :

— Tu ne peux pas leur faire confiance.

Assis là, à envisager une trahison après l'autre, je me mets presque à rire tout haut tellement cette situation me paraît ridicule. J'ai déjà ressenti la même chose au front, sous le feu des munitions cinétiques de l'artillerie en orbite qui faisaient jaillir des geysers de projectiles et de terre brûlante. On se retrouve Dieu sait comment en train de patauger au milieu de tout ça, distribuant la mort à ceux d'en face, et le rire est notre seul recours. Munitions à haut pouvoir explosif qui s'épanouissent en fleurs orangées, balles traçantes semblables à des abeilles scintillantes et hurlantes et jets qui plongent en mugissant dans l'atmosphère, déversant leur enfer. Le simple fait d'être vivant est hilarant. Que l'univers puisse en arriver là et que tout le monde trouve ça normal est d'un comique qui frise l'absurde.

Je me souviens de Scarlett, la naïve Scarlett, tout aussi absurde. Je me souviens de la prime sur sa tête. Je me souviens des risques qu'elle a pris pour arriver jusqu'ici et de la tâche impossible qu'elle attendait de moi. Je me souviens clairement des choses qu'elle savait et qu'elle n'aurait pas dû savoir. Elle savait ce qui s'était passé sur Yata. Elle m'avait forcé à l'admettre, mais elle le savait déjà.

Levant les yeux sur le Ryph dont la main recouvre parfaitement mes cicatrices, je comprends qu'il y était aussi. Il est la seule autre personne qui sache vraiment ce qui est arrivé ce jour-là. Voilà pourquoi Scarlett était au courant. Parce qu'il la connaissait. Qu'ils travaillaient ensemble. Je le lis dans ses pensées et il voit ce que je pense. Il s'agit d'un test.

— Ils ignorent si on est capable de bonté, dis-je à Rocky. On ne parle pas leur langue, on ne peut pas échanger des pensées comme ils le font.

— Tu veux dire qu'ils ne délirent pas, comme toi, rétorque Rocky. Tu sais que je ne suis pas réel. Que rien de tout cela n'est réel.

— Je crois que si, dis-je.

J'effleure le bouton qui va éteindre ma balise pour me rassurer sur la réalité de ce qui m'entoure. Ce bouton est réel. Une pression, et la plus grande armée humaine jamais rassemblée disparaît.

— Voilà ce qui ne va pas chez moi, dis-je. (Rocky écoute.) C'est pour ça que je ressens les flux. C'est pour ça que je ne veux plus continuer. C'est trop.

— Écoute Claire, répond Rocky. Écoute-la.

Je secoue la tête.

— Non. Tout ça est juste. C'est *elle* qui devrait m'écouter. Ils veulent savoir si ça vaut le coup de nous épargner ou si on est trop dangereux. Et moi aussi, je veux le savoir.

— Et après ? demande Rocky.

Je repose ma tête contre le dôme. Je sens le cosmos qui respire, je sens battre le trou noir au cœur de la galaxie. Il y a un abîme entre les deux, entre la respiration et les battements. Un abîme créé par la guerre. Je sens la présence de Claire là-bas, près du second EOG. Deux antennes. J'essaie de communiquer avec elle, perçois sa colère et sa peur, ma trahison. Je sens ses bras attachés, Cricket qui tremble à côté d'elle, le Lord qui enfoncera le bouton quand je le lui dirai si Claire ne le fait pas. Ils ont juste besoin de vérifier de quoi on est capables.

Une seule personne suffira-t-elle ? Juste moi ? Je repense au tableau de Claire avec toutes ses marques et aucune croix. Ce sont des informations. Quelle sera la conclusion des Ryphs si un seul d'entre nous va jusqu'au bout ? Et si, de leur côté, les autres ne respectaient pas leur part du contrat ? Vais-je tuer les gens de mon peuple ou les leurs ? Est-ce que ça fait une différence ? Est-ce que c'est ça qu'ils veulent me faire comprendre, ressentir ? Qu'il n'y a aucune différence ? Que la vie est la vie. Est-ce que c'est ça le test ?

Deux cent vingt millions d'êtres vivants. Plus encore de leur côté. Plus d'un demi-milliard d'âmes. Qui foncent à travers le cosmos les uns vers les autres. Ils sont déjà morts, tous ces garçons et ces filles. Voilà ce que je me dis et ce que je dis à Claire. Un demi-milliard maintenant ou des milliards et des milliards d'autres plus tard. Pas de fin en vue. Les amiraux et les généraux ne prennent-ils pas ce genre de décision ? N'envoient-ils pas tous les jours à l'abattoir nos garçons et nos filles ? Quand j'étais encore sain d'esprit, j'ai braillé à cause de la mort de six personnes, l'équipage d'un cargo à destination de Vega. Et maintenant ? Je fais les cent pas, tel un homme éperdu et sensé à la fois, un doigt qui enfonce sans hésiter les trois premiers chiffres d'un code de verrouillage puis reste en suspens au-dessus du quatrième, un homme incapable de mettre fin à ses jours, qui ne peut jamais vraiment aller jusqu'au bout. J'entends Scarlett qui me hurle depuis l'au-delà de le faire, de mettre un terme à cette guerre, d'être brave.

Je n'ai que quelques minutes pour décider. Tous ces garçons et ces filles. L'odeur de la graisse à fusil. L'attente. Les dimanches tant redoutés. Les pères serrant contre eux leurs chiens morts, leurs coeurs usés et leurs femmes solides, et pleurant pour la première fois en combien de temps ? En combien de temps, bordel ?

— Je vais le faire, Rocky. Pour Scarlett.

— Non…

— Pour Hank.

— Je t'en prie…

— S'il y a une chance, juste une chance…

— Et ensuite ?

C'est Claire qui parle. Ce sont ses pensées. Elle pleure elle aussi. Elle m'a appris comment faire.

— Tu m'aimes ? dis-je.

Silence.

Larmes.

Peur.

— … oui.

— Il y a des gens bien, Claire. Il y a assez de gens bien de chaque côté. Toi et moi…

Elle lit dans mes pensées. J'entends son rire derrière les larmes. Je perçois le mot : *Politique ?*

— Peut-être, dis-je. Peut-être. Quelque chose de plus que ça. Quelque chose de moins lâche.

Les vaisseaux sont proches. Un mur de vaisseaux. Conçu pour pénétrer et attaquer le secteur 8 au même moment, pour écraser l'ennemi par surprise, même si tout le monde s'y attend. Même si personne n'est dupe de la réponse coordonnée. Certains de ceux qui travaillaient aux côtés des rebelles ont aidé à planifier tout ça, dans les deux camps, aidé à aligner les vaisseaux comme des cibles toutes désignées.

Je regarde le Lord qui a failli me tuer.

— Je vous fais confiance, dis-je. Je vous fais confiance.

Il fait un signe de ses griffes. Je ne sais pas ce que ça signifie mais je peux lire ses pensées. Je suis un télépathe, un élément dangereux. Je n'ai pas demandé qu'on me déchire l'âme en deux, ni le ventre, ni ma putain de vie. Je n'ai rien voulu de tout ça. Mais j'y ai quand même eu droit. Et la seule chose qui mette un terme à une guerre comme celle-ci, c'est la confiance, le lâcher-prise, l'amour pour ceux que l'on hait. Prendre dans ses bras ceux qui sont prêts à nous tuer, et pardonner, pardonner, pardonner.

— Tu m'aimes, Claire ?

— Oui.

Elle m'écoute, secouée de sanglots, sachant que l'heure est venue, que ce sera avec ou sans elle. Ce sera sa main sans griffes ou celle du Ryph. Mais elle sait à présent, quoi qu'il se passe, ce que fera la mienne.

Rocky a disparu. La clairvoyance prend sa place. Tous mes frères et sœurs. Pourquoi ce que je m'apprête à faire me paraît-il aussi impensable quand mes ordres sur Yata étaient exactement les mêmes ? À qui incombe ce choix ? À cet instant précis, c'est à moi.

C'est le moment.

Ici.

La guerre, qui vient.

On me tuera pour ça.

Alors que je mérite une médaille.

Je m'écarte de l'EOG, je veux être pleinement conscient de ce que je ressens, je veux avoir l'esprit clair, je veux que ces souvenirs de guerre puissent s'infiltrer en moi, qu'ils reviennent me tourmenter encore un peu, avant de presser la détente d'un pacifisme abominable, d'enfoncer le bouton de la trahison. Les vaisseaux voyagent trop vite pour s'arrêter et l'univers s'embrase. Claire pleure pour ce que nous avons fait, tous les deux, ce million d'étoiles naissantes charriant la mort, et dans le module, les hublots orientés vers Yata rougeoient, tandis que s'élève au loin un mur de flammes identique, que de nouvelles étoiles éclosent brièvement avant de se consumer, dans une éruption de paix violente, effrayante, traîtresse et glorieuse à la fois.

ÉPILOGUE

Les turbines des Ryphs et les moteurs des jets de la flotte interstellaire hurlent en parfaite harmonie. Des câbles métalliques bien tendus pendent sous deux appareils à l'origine conçus pour les combats rapprochés mais à présent reconvertis en navires marchands. Un ancien phare se balance au bout et plane au-dessus de la baie de Chesapeake. La maçonnerie est intacte mais le sommet et les fondations vont devoir être reconstruits.

J'ai passé d'innombrables heures à contempler la photo de ce phare et la vague géante prête à se fracasser dessus avec le vieil homme debout devant à l'époque où ces moignons rouillés soutenaient encore les balustrades en métal. Je peux presque voir le fantôme du vieillard qui me sourit.

Quand je suis revenu sur Terre après le Conseil pour la paix de Yata, la première chose que j'aie faite a été de retrouver la trace du vieux phare. J'ai fini par mettre la main sur ce vieux soldat délabré qui se détachait au milieu des vagues avec ses fondations prêtes à céder. Il s'en est fallu de peu qu'il disparaisse pour de bon. Et j'ai alors décidé de le sauver. J'ai fait le contraire de ce que faisaient les anciens naufrageurs, démolir pour le profit. J'ai dû solliciter certaines faveurs, mais il y a très peu de choses qu'un gouverneur planétaire élu doublé d'un ancien héros de guerre ne puisse obtenir.

L'équipe qui scelle l'union du vieux phare avec ses nouvelles fondations est hétéroclite. Le contremaître en charge du projet est un Tryndien. Il y a deux Hokos dans le groupe, trois humains, et un des pilotes là-haut est un Ryph. Un Ryph sur Terre. Des races qui ont grandi en se battant entre elles et avec les autres se concentrent à présent sur le travail en cours.

Lisant dans mes pensées, Claire glisse une main dans la mienne. L'autre repose sur son ventre, aussi rebondi qu'un ballon. À dix pas de là, Cricket, dont on ne distingue que la queue, ondule dans les hautes herbes, traquant quelque chose qu'elle seule peut voir.

Parfois, je suis submergé d'aise. Parfois, je m'interroge sur ce que j'ai fait. Le rire et les larmes tournent encore en orbite trop rapprochée pour que je puisse éprouver du réconfort. Mais je laisse aux autres le soin de me pardonner mes actions. Comme un test pour la génération future. Et justement, ce ne sera sûrement pas facile. Je me souviens de ce que j'ai éprouvé après l'attaque sur Delphi. Je me souviens de la colère qui m'a poussé à m'enrôler. La dernière chose que j'avais à l'esprit, c'était le pardon. À la fin de la guerre, quelqu'un a calculé combien avaient coûté toutes ces petites décisions : un peu plus de dix-huit milliards de morts.

Dont un demi-milliard par ma faute.

Claire m'attire à elle, pose sa main sur la mienne et la maintient sur son ventre où le bébé donne des coups de pied, essaie de me distraire de mes sombres pensées et de les réorienter vers la vie. Le renouveau. Le vieux phare prend place sur ses fondations, l'équipe de travail est soudée et organisée. Je sens la dentelle de cicatrices sous la robe de Claire. Elle a essayé de me convaincre qu'on devrait donner mon nom au bébé. L'idée ne me plaît pas. Je ne veux pas qu'il devienne comme moi.

Mais ce ne sera peut-être pas le cas. Peut-être qu'il fera honneur à mon nom. Alors je serre la main de Claire et accepte. Je murmure mon propre prénom à son oreille pour voir, mais les syllabes se perdent, emportées par une brise soudaine, et le doux bruit s'envole au loin sur les flots, où il va tourbillonner en se mêlant aux éléments, disparu et présent à la fois pour l'éternité.

NOTE

Je sais que c'est pure fiction, mais que se passerait-il si, debout sur les décombres des attaques dirigées contre nous, que ce soit au sens littéral ou métaphorique, physique ou émotionnel, personnel ou politique, nous choisissions le pardon plutôt que l'escalade ? À quoi ressemblerait ce monde ? Peut-être ne le saurons-nous jamais. Mais il me plaît de faire semblant.

H. H.

Du même auteur :

Silo, Actes Sud, 2013.
Silo Origines, Actes Sud, 2014.
Silo Générations, Actes Sud, 2014.

Composition réalisée par Lumina Datamatics, Inc.

Achevé d'imprimer en avril 2023, en France par
La Nouvelle Imprimerie Laballery
58500Clamecy (Nièvre)
N° d'impression : 304220
Dépôt légal 1re publication : mars 2019
Édition 03 – mai 2023

LIBRAIRIE GÉNÉRALE FRANÇAISE
21, rue du Montparnasse – 75283 Paris Cedex 06

82/6260/9